靈與肉

甘紹文——著

目次

前言

我就像聶小倩別了寧采臣，義無反顧的撲向了豬八戒，只有萬般無奈，沒有半點兒柔情。閉上眼，踏破紅塵，下面是無底深淵，沒有退路。

偏偏，無底深淵就是紅塵。

未來的日子，真的還能再一如往昔嗎？我還能回到以前的我嗎？

心心念念的她，還會守在我身旁嗎？

我自己也茫然！

這是我寫《靈與肉》的心情，久久無法平復。希望讀友們能感受我所感受的，心情如果無法平復，隨他去吧！

有時，折磨不也是一種享受。

——甘紹文

輯一

散文

人性

昔日，飛鴿傳書、快馬八百里加急，算是最快的訊息傳遞方式；今日，電信以光速傳遞訊息，光纖網路四通八達，上天下海無遠弗界。

只不過，科技進步縮短了人與人之間的距離，卻拉開了人們彼此心與心的距離，更徹底顛覆人類的生活模式。

親朋好友間，除了面對面相聚，隨時可利用通訊軟體視訊聊天、資料傳遞，看似天涯若比鄰，不亦快哉！但，相互間不再有思鄉、思故人的期待，也少了久久才能相見的驚喜，更不會有歷經舟車勞頓，好不容易才得以會面的快感。

戀人們，透過快速便捷的通訊，固然可加速情感交流，但少了朝朝暮暮想見不得見的相思之苦，想來實在是無趣。更何況，戀情若缺少細火慢燉的淬煉，彼此既沒有刻骨銘心的思念可以回味，也較經不起時間的考驗。因此，如果情況許可，當然是經由實際的面對面相處，才能真正了解彼此。

「網路作業」減少了人與人的實際接觸，資訊取得快速便捷，徹底改變了傳統的商業模式。只是，昔日商場上「見面三分情」的傳統人際關係日漸淡薄，取而代之的是直接上網了解對方的信譽、財力、政商人脈，再思對應的經營之法，買賣雙方少了溫暖，多了功利與現實考量，「交情」建立更是奢談。

再說網路虛擬空間中的人設，大都是隨著自己希望的理想形象，創造出來的完美性格。藏在鍵盤後面的種種作為，才是現實世界中真正的性格表現。而真正的人格，有可能是理想與現實互為表裡，也有可能是正直與邪惡的相互衝突，真真假假，難以從表象一窺究竟。

從前，認識一個人或了解一件事，總認為一定要親眼所見方可為真，如果只靠耳聞，容易遭到有心人造假中傷，甚至以訛傳訛，虛假難辨不能輕信。如今，網路世界的人設，可利用「美顏軟體APP」塑造螢幕上光鮮亮麗的外表，耳聞為虛不用說，眼見也未必為真。如此一來，人設既然可以製作、可以包裝，何嘗不是一種形象欺騙。

時下騙局五花八門，電話詐騙、網路詐騙、色情詐騙（仙人跳），騙案層出不窮，嚴重影響社會安寧。其中又以電話詐騙與網路詐騙為主，騙徒分飾不同角色，設局騙色騙財、擄人勒索、「偽綁架」詐取贖金，摘取被害人器官販賣，甚至害人性命。推究騙徒手法，無非是利用與操縱人性弱點，如膽怯、無知、自私、冷漠、顢頇、貪婪、愛面子⋯⋯等。再編排華麗的詞藻，透過話術詐騙受害者，遂行騙局。俗話說的：「害人之心不可有，防人之心不可無。」或許是最好的自保之道。

網路應用，造成了人與人之間的疏離，好人或是壞人，很難單靠肉眼分辨。躲在鍵盤後面的又可能是經過美化的虛擬人物，也就是形象欺騙，讓人防不勝防。因此，騙人的是險惡的人性，不是科技，科技只是讓騙術更精進罷了。

佛家《華嚴經》有言：「一花一世界，一葉一如來。」語喻：「世界像一朵蓮花，每一小片花瓣上長著一千片蓮葉，每一片葉子上又長出一朵蓮花。如此，一千片蓮葉就長有一千朵蓮花。於是花中有葉，葉中有花，整個世界看似不相干，卻又層層堆疊，環環相扣。因此，佛家認為一個人如若內心清淨，從一朵花瓣，即可以參透三千大千世界（佛經裡的宇宙觀，比喻廣闊無垠、千奇百怪的世界）。佛家把這個勾畫出的理想境界，稱之為華嚴世界。但殘酷的是，現實的世界並非如此，潔身自愛、樂善好施者稀；沽名釣譽、爭強奪利者眾。芸芸眾生，迷惑在婆娑世界，汲汲營營所為何求？為求溫飽而已。事實上，婆娑世界裡優生劣敗、弱肉強食；爾虞我詐、你爭我奪。天地不仁，以萬物為芻狗，若看不破紅塵，到頭來一生如夢，人生空一場。

一個人內心清淨，從一朵花瓣，可以參透三千大千世界。同樣的，一個人內心齷齪，造惡業。當然也要感受痛苦，遭受嚴懲。若只修空性，不思因果，也非正道。空談理想，不切實際，就是違反人性。萬法皆空，因果不空。

善惡是人性，七情六慾是人性，欺矇拐騙也是人性。因此，社會上有好人，就有壞人；有騙子，就有被騙的人。

雖說，現今社會變遷快速、資訊爆炸，兒童教材五花八門，千千百百種，但我們傳統的兒童啟蒙教材《三字經》，還是占有很重要的位置。《三字經》中開宗明義說道：「人之初，性本善；性相近，習相遠。」本質上是服膺人性是善良的論調，認為為奸、為惡是後天造成，騙子固然可惡，但被騙的人或多或少也要負點兒責任。

人號稱萬物之靈，除了腦子有問題，有哪一個是天生愚笨，如果沒有貪婪、沒有私心，騙子如何蠱惑得了人心。

人沒有私心，沒有貪婪，就能無所求，無欲則剛。但，無欲說起來簡單，實際上根本做不到。只要是人，總會有個七情六慾，又不是遁入空門修行，怎可能毫無慾念。因此，無欲的說法，根本是違反天性。

人性，基本上是挑肥撿瘦、好逸惡勞，喜好錦衣玉食。因此，物慾當前，有能力抵擋者少之又少。理性的人，用意志力克服貪嗔癡。非理性的人，哪管甚麼社會規範，只要喜歡沒甚麼不可以。加上，人的劣根性使然，恣意妄為一定比循規蹈矩快活，學壞比學好更是稱心如意。

騙子最大的本事，就是說出人們最想聽、最愛聽的話，那怕是前後矛盾、光怪陸離的騙局。一個巴掌拍不響，被騙的人如果心有所求，根本不在乎是否被騙。有些人，不知是愛面子、做賊心虛，還是別有企圖，明知被騙，仍然振振有詞，就算上當受騙，千錯萬錯，都是別人的錯。然後，顧左右而言他，推諉塞責，甚至還會想辦法幫騙子，把漏洞百出的騙局補完整。

人們集體受騙時，有些人會因為受害，導致心理創傷，精神上產生「斯德哥爾摩症候群」（Stockholm syndrome）現象，認同加害者行為，甚至反過來幫助加害者；有些人自怨自艾，認為千錯萬錯，都是自己的錯，攬下所有的責任，以至於抱憾終生；有些人則是惱羞成怒以「莫非定律」（Murph's Law）作為卸責的藉口，千錯萬錯，都是別人的錯。

人可以躲在鍵盤後面，指點江山；人可以使用美顏濾鏡，偷龍轉鳳；人可以睜著眼睛說瞎話，自欺欺人。久而久之，人沒了自我，面對鏡子時，就算已認不得鏡中人是誰，照樣臉不紅氣不喘。反正，人沒了人性，早就無所謂！

放下

人生不如意事十之八九，可與人言者二三。看來，事不如意是正常，如意是反常。更何況，你的「可言者二三」，說不定剛好是別人的「不如意事八九」。不可言時，自然不用廢話。可言時，要察言觀色，免得言者無心，聽者有意。大庭廣眾之下，滔滔不絕，言多必失。哪日無端被流言蜚語所傷，不必意外，自然是懷恨在心的聽者所為。

俗話說：「君子報仇十年不晚，小人報仇一天到晚。」別傻了，這句話別當真。那是拿來堵住自命為君子的嘴，或是君子明知報不了仇、或根本不想報仇的下台階；小人就直接多了，快意情仇，管他甚麼是非對錯，只要對他不起，天涯海角，睚眥必報。反正是小人嘛，哪有甚麼不能幹的？其實，小人行徑就是我們一般人的正常行為反射，所謂的君子只是用理性強制了內心的想法。言者確實無心，隱心而後動，謗議庸何傷，當然一笑置之。反之，言者有心，無傷謗議就是姑息養奸，有仇該報還是要報，正大光明的報，不用假清高、裝君子。

人性本惡，看不得他人好，他人落難，暗自竊笑、幸災樂禍甚至落井下石者眾。人在貧困潦倒時，千萬不要指望別人同情你。愈是求人，愈難挺直腰桿做人，自己的難關自己過。現實社會中，雪中送炭者稀，錦上添花者眾。真所謂：「窮在鬧市無人問，富在深山有遠親。」

人過日子，不可能無風無浪，賊老天總是在不經意間，給你狠狠的一擊，跌你個四腳朝天，或是摔你個狗吃屎，就算搞得遍體鱗傷，沒要了你的命算是客氣啦！福兮禍所伏，禍兮伏所倚。愈是，順風順水時，反而要耷著耳朵做人；明槍易躲、暗箭難防。做人要講道義，寧可他人負我，勿負他人。重要的是，壯大自己，自己強大，才有資格夸言如何做人。

「濟貧扶弱」是強者表現仁慈的口號，其實內心裡鄙視弱者的居多。常言道：「可憐之人，必有可恨之處；可恨之人，必有可悲之苦。」某些弱者之所以會成為弱者，根本是咎由自取，不值得同情。真正的弱者，反受池魚之殃。強者礙於社會形象，不得不對弱者虛以委蛇，裝出一副熱心公益、樂善好施的嘴臉。弱者可以放下顏面，順從的接受救濟，坐享不勞而獲。當然也可選擇不放下顏面，如孟子曰：「說大人，而藐之，勿視其巍巍然。」發憤圖強，化悲憤為力量，有朝一日也能當個強者。至於，弱者翻身成為強者之後，是否也要表現仁慈，是否會因為自己曾經艱困過，而更有同理心，那就要看個人的氣度了。但如果弱者成了強者，反而更加欺凌弱者，那就是病態。

人食五穀雜糧，易生百病，健康地活著就是一種幸福；江湖行走，人心險惡，山高水低，更是難以逆料；飲食男女，七情六慾，人之常情，自然就好。人生苦短，人不輕狂枉少年，快快樂樂是一天，愁眉苦臉也是一天，如何過日子是自己的選擇。但理性刻板地過著日子，多乏味；感性隨興地活著，才有人味兒。我們不是才說，人生不如意事十之八九，人生若無遺憾，代表不食人間煙火，也沒有真正的活過。

說到感情事，無論是親情、友情還是愛情。某些遺憾，當下是，事後放下了，就不一定是；某些遺憾，當下不是，事後放不下，仍然還是；某些遺憾，不管放不放下，永遠都是。因此，我必須感情用事，明知妳會孤單，我還是寧願先妳而去，如果無法守護在你身旁，我會學那「阿難」一樣，化身作那石橋，受那千五百年風吹、雨打、日曬，只盼望有朝一日妳會從我身上走過。再苦，我也不想轉身放下。因為我知道，只要一轉身，就像接下孟婆湯，一飲而盡，今生皆忘。從今而後，妳我將形同陌路，彼此相互遺忘。一人苦，好過兩人受，但無論如何我絕不會放下。

來世，就算妳模樣變了，但我相信，我一定會記得妳身上的味道。生生世世，亙古不變。總有一世，妳我會在街頭相遇。擦肩而過時，只有妳的心跳，才能喚醒我久遭禁錮的靈魂；如果無波無浪，那是我倆的磨難還未到盡頭，就算再尋妳千百度，我依然無怨無悔。如果哪日有個男生頻頻回頭，妳也感覺似曾相識，那就是我，千萬不要匆匆離去，要叫住我或等我呼喚妳。

常人無所重，惟睡乃為重；舉世皆為息，魂離神不動。
覺來無所知，貪求心愈用；堪罵塵中人，不知夢是夢。
無恩無怨不入世，無愛無恨不成人。因此，我從不勸人放下。因為，我自己都不願放下，如何要別人放下?自己的業，自己受；自己的坎，自己過，誰也幫不了。
吾愛，今世有妳，來世不忘。

鼻毛

從小，我就不太注重自己的容貌與外型，總認為灑脫就是率性，年輕就是本錢。為人處事，該注重的是腦殼內的智慧，而不是腦殼外的美醜。早上起床，刷牙、洗臉；晚上就寢，刷牙、洗臉、洗澡，如同標準作業流程地走過場。男孩子洗臉還不簡單，雙手捧滿清水，直接撲上臉，抹個幾把，再用毛巾擦乾就算完事。每天照鏡子的時間，短到可以以秒計，從不覺得有什麼不對。印象中，只有從事特種行業的男人才會用洗面乳洗臉，搞得一身上下香水味兒。

入社會就業後，除了衣著需配合工作場所要求。基本上，生活習慣依舊，從沒多花時間在自己臉上，也從沒在自己臉上做過文章。

直到有一次，我陪著國外來的客人去臺南的電線工廠，參加新廠落成儀式與中午餐敘，有幸跟工廠重金禮聘來的風水大師同桌。席間，杯觥交錯，相談甚歡，大師博學風趣，句句珠璣。臨別時，大師略帶酒意，緊握著我的手，說道：「小兄弟，長得一副唇紅齒白的貴相，前程大有可為。今日有緣同桌共歡，江湖有義，兒女有情，一句諍言相送。從命理角度而言，鼻毛屬金，鼻子屬財庫，鼻毛外露即『金槍外露』是代表破財、敗業、情傷之相。因此，鼻毛不可外露，否則影響運勢。切記！切記！」話落，坐上車飄然而去。不過，大師撂下此話，頓時讓我丈二金剛摸不著頭腦，好端端的怎沒事提起風馬牛不相及的「鼻毛」話題。

晚上，回到飯店，我站立鏡前，對著鏡中的自己仔細端倪，愕然發現鼻毛過長，已有三五根露出鼻孔外。說話時若帶著表情，自然會扭動鼻子，而鼻毛就如躲在鼻孔中的蟋蟀觸鬚，若隱若現，確實難看。當下，我才恍然大悟，原來大師是看我有幾根鼻毛外露，交談中甚礙他眼，順勢提點我要注意儀容，有益日後的工作運勢。

自此，從不照鏡子的我，變成無時無刻想照鏡子，檢查自己的鼻毛有無外露，似乎是矯枉過正的成了病態而不自覺。非但如此，我還多了一個「壞」習慣，不管是工作還是日常交際，只要跟我交談的人鼻毛外露，哪怕他口才再好，講得是一佛出世，二佛升天。我常常會不經意地走神，雙眼直睜睜地盯著對方，只見他五官扭曲、口沫橫飛之際，講甚麼我根本聽而不聞，反而只注意他外露的鼻毛，如張牙舞爪地怪獸在我眼前晃動。再高的興致、再好的話題也瞬間破滅地無影無蹤，生意自然也談不成了。有時想想，自己會不會是著了魔相，要求過了頭。

結婚之後，幸得夫人不嫌棄，願意幫我修剪鼻毛，只是鼻毛長得太快，常覺得不好意思，自嘲自己是「不長智慧只長鼻毛」。漢時，京兆尹張敞與妻子十分恩愛，每日清早把筆為其愛妻畫眉，一番繾綣畫了眉之後，方才上朝。夫妻二人畫眉之樂傳到漢宣帝耳裡，宣帝對其夫妻恩愛情事讚譽有加，後世傳為千古佳話。今日，我幫夫人畫眉，夫人幫我剪鼻毛，共譜現代版的「畫眉之樂」也是佳話。

當然，我也樂得學唐朝詩人朱慶餘〈近試上張水部〉詩中所言：「畫眉深淺入時無」。畫眉之樂，換作今日夫妻的相處之道，就是我畫夫人眉毛、夫人剪我鼻毛，兩情相悅不亦樂乎。再用一句大白話講，就是夫人的眉毛畫得時不時髦？官人的鼻毛剪得時髦不？

某日，鼻孔奇癢難耐，看樣子又是鼻毛過長作祟。夫人一邊拿著手電筒，一邊在我左右鼻孔翻找過長的鼻毛，準備修剪，一邊找一邊說道：「智慧學問與成就高低不在鼻毛有無外露，鼻子癢也有可能是過敏或心理作祟，不學無術鼻毛剪得再短也沒用。而且，鼻毛剪得太短甚至剪禿了，鼻腔沒了鼻毛的保護，容易受灰塵、細菌影響，對身體也不好。」找了半天，終於找到一根頂在鼻翼內側的彎曲鼻毛，剪去後奇癢依舊。這時，夫人別有深意的看了我一眼，然後用力地捏了捏我的鼻子後，說道：「再不行，我們看醫生去。」說也奇怪，原來奇癢無比的鼻子，立刻不癢了。夫人這玉手一捏，痛感轉移了癢感，痛感消失後，癢感也沒了。

我的鼻癢固然有鼻毛過長所致，但絕大部分原因，應是怕鼻毛過長有損運勢的心魔所困。

當局者迷，旁觀者清，夫人想必忍耐已久，當頭棒喝，一棒敲醒我這走火入魔的夢中人。

雖說：「仕宦當作執金吾，娶妻應娶陰麗華。」我是當不了執金吾，但夫人睿智卻絲毫不遜陰麗華，而且還真應了風水大師所言的貴相。

只是，夫人是我的貴人，沒貴人哪兒來貴相？

寫詩

相信，我們大多數人小時候學的第一首詩，大概都是大詩人李白寫的〈靜夜思〉：「床前明月光，疑是地上霜；舉頭望明月，低頭思故鄉。」不過，那時我的小心思卻與同儕不同，小腦袋裡只是一味地想，當古人真是好啊！一天到晚，騎馬、射箭、泡妞、玩樂器；要不就是喝酒、逛青樓，就算吟詩作對交功課，只消輕鬆地寫他個幾十字就可以。不單如此，如果日後功成名就，作品被選上教科書，後人吟唱時，還得晃頭晃腦，多麼有成就感，想想就開心。

上了中學，除了喜歡李白的詩，同時也喜歡杜牧、李商隱的詩。總覺得人不輕狂，枉少年。再說，人生苦短，就算憂國憂民，何不如小李杜一般，凡事瀟灑浪漫以對，敢愛敢恨，有所為有所不為，雖千人吾往矣。

我還常幻想自己就是遊俠李白，一個被詩、被仕途耽誤的俠客。手握著三尺青鋒，另一手握著酒潭子，約三五好友對著月亮吟唱：「……我歌月徘徊，我舞影零亂；醒時相交歡，醉後各分散；永結無情遊，相期邈雲漢。」（李白〈月下獨酌〉）訴說仕途不順、孤獨愁悶，醉後各分散是多麼灑脫，相期邈雲漢卻是好友即將天人永隔的無奈。朋友相知，貴在知心，酒酣說劍，耳熱談天，功名利祿，放諸腦後，不亦快哉。

可惜，真實的世界裡，沒有機會見識唐朝的青樓，只能在腦海中勾勒出倚翠偎紅的青樓景象。然後，落魄江湖載酒行，贏得青樓薄倖名。（取自杜牧〈遣懷〉）此時，強敵環伺，我杖劍破窗而出，弩箭從身邊勁射而過，我回頭對著纏綿一夜的紅顏說道：「姑娘，不是我無情，滄海月明珠有淚，藍田日暖玉生煙，此情可待成追憶，他日有緣自相逢。」（部分詩句取自李商隱〈錦瑟〉）施展輕功在重重樓閣間縱跳，頂著夜色，揚長而去。

姑娘抱起琵琶，望著窗外，俠客已遠，紅唇輕啟：「……青春一去，永不重逢，海角天涯，無影無蹤，斷無訊息，石榴殷紅，卻偏是昨夜，魂縈舊夢。」（取自國語歌曲〈魂縈舊夢〉。作詞：山西村，作曲：侯湘）

總覺得古詩有著迷人的神奇的力量，五言七言，簡單數語，即能充分表現出詩人悲秋傷春、抒發情懷、臧否人物、感時憤世、經略天下，甚至指點江山的想法。只是，五言七言無論是絕句或律詩，聲韻和對偶原則要求嚴謹，單純的喜歡與欣賞古詩是一回事，學習創作卻是迥然不同。加上，自己慧根不夠，執拗於格律，學來顧此失彼、綁手綁腳、隔鞋搔癢。幾番風雨下來，畫虎不成，實在是痛苦不堪，只得作罷。自此，遊俠李白心灰意冷，封筆棄劍，自我放逐，身如無主孤魂隨風飄，茫茫詩海逐水流。

後來，在一次救國團舉辦的文藝營的座談會中認識了羊令野老師，他說：「古詩創作，需要有紮實的國學素養，還得遵循嚴謹的規範，如非中文系的科班出身，一般人胡謅亂寫，錯誤百出，容易鬧笑話。現代詩（即新詩）則不受格律限制也無固定格式，雖然基本上不脫敘事與抒情兩大類，但任由作者天馬行空、隨心所欲，愛怎麼寫就怎麼寫。重點在於作者能自然地表達個人的思想、感情、理念，反映社會現象，采風問俗，或訴說某些故事即可。」聞言之後，我頓時感覺一面高牆在我眼前倒下，桎梏、陰鬱已久的詩魂豁然開朗，一花一世界，一首詩也是一世界，古詩、新詩都是詩，何必拘泥有相無相。隨著年歲增長，慢慢地有機會接觸到前輩詩人如徐志摩、余光中、瘂弦、葉維廉、鄭愁予、席慕蓉等大師的詩作，從此眼界大開，如魚得水，悠遊於新詩世界。

猶記得，當時羊老師曾說：「相對於古詩詞，新詩創作並不困難，困難的是如何克服自己的心魔，屏除使用華麗繁複的詞藻去堆疊詩句的慾望。事實上，唯真最美，以簡單易懂的詞句去訴說一件事，自然就能打動人心。」他舉例說，大家耳熟能詳的歌曲〈高山青〉：「高山青，澗水藍，阿里山的姑娘美如水呀！阿里山的少年壯如山！啊！……啊！……阿里山的姑娘美如水呀！阿里山的少年壯如山！高山常青，澗水常藍，姑娘和那少年永不分呀！碧水常圍著青水轉。」就是個活生生地例子，它的歌詞就取自鄧禹平先生所寫的詩，後來在一九四八年選做電影《阿里山風雲》的主題曲，為世人所熟識。

個人以為寫新詩就像捲一團毛線球，拿在手裡，無拘無束。可以拿來織夢、拿來織衣服、拿來築籬笆、拿來編繩子，也可以當一顆逗狗玩的球。

敞開胸懷，拋棄包袱，讓懷想無限遐思，呼吸、吃飯、睡覺甚至放屁，說美了是七情六慾，事實上它就是正常人過日子，講的都是再自然、再簡單不過的事。不信？我們隨便看看前輩詩人們的創作，訴說的不外乎環繞我們周遭的瑣碎事。哪一篇寫的不是發自內心真誠的悸動，用字遣詞雖然簡單，詩篇的意境渾然天成。你要說它詩情畫意、說它風光旖旎、說它濃情蜜意、說它海枯石爛，皆可。

「我是天空裡的一片雲，偶而投影在妳的波心，妳不必訝異，更無須歡喜，在轉瞬間消滅了蹤影。妳我相逢在黑夜的海上，妳有妳的，我有我的，方向；妳記得也好，最好妳忘掉，在此交會時互放的光亮！」（徐志摩〈偶然〉）

「我是裸著脈絡來的，唱著最後一首秋歌的，捧出一掌血的落葉啊！我將歸向我第一次萌芽的土地。風為甚麼蕭蕭瑟瑟？雨為甚麼淅淅瀝瀝？如此深沉的漂泊的夜啊！歐陽修，你怎麼還沒賦個完呢？我還是喜歡那位宮女寫的詩，御溝的水啊緩緩的流。我啊，小小的一葉載滿愛情的船，一路低吟到妳的跟前。」（羊令野〈紅葉賦〉）

「他拉緊鹽漬的繩索，他爬上高高的桅桿，到晚上他把他想心事的頭，垂在甲板上有月光的地方。而地球是圓的，他妹子從煙花院裡老遠捎信給他，而他把她的小名連同一朵雛菊刺在臂上，當微雨中風在搖燈塔後邊的白楊，接坊上有支歌是關於他的。而地球是圓的，海啊，這一切對你都是蠢行。」（瘂弦〈水夫〉）

「我底，妳底，在遙遠的兩地，卻如對口的剪子，絞住了……。莫放進離愁吧！莫放進歡愉吧！只要輕輕地，把夢剪斷，妳一半，我一半……。」（鄭愁予〈相思〉）

「為了要知道；甚麼時候妳在想我、念我，我才在門口裝上風鈴。每當微風悄悄吹過窗幃，它就『叮呤叮呤』響個不停。彷彿是妳熟悉的低喚：「卿卿！卿卿！小卿卿！」（鄧禹平〈風

鈴〉）

我呢，狂狷少年不知輕重，仗著一點兒小聰明，學了些皮毛就在同儕裡耍弄開來，還當起狗頭軍師幫同學、朋友寫情詩追女朋友。當時社會風氣保守，小男生與小女生情竇初開，欲拒還迎、欲語還休，彆扭得不得了，難得有個知心人，捎個情意滿滿的小詩，傳情的方式又比一般俗人高雅許多，自然是四馬平川無往不利。遺憾的是，追到手後，彼此的戀情總是不長久。深究其原因，假的東西真不了，移花接木的小伎倆還真是經不起考驗。結果忙沒幫到，倒把身邊的一干女性朋友給得罪光了，怪我喬太守亂點鴛鴦譜。從此，金盆洗手，封筆不再寫那惹是生非的情詩。

大千世界，物換星移、花落花開，芸芸眾生，富貴榮華、生老病死自有定數，何苦強求。飲食男女的你（妳）我，多的是剪不斷、理還亂的愛恨情仇。任憑弱水三千，只取一瓢飲，難！興來每獨往，勝事空自知。我這不像詩人的詩人，還是不甘寂寞的隨手寫下當下的感觸。偏偏要命的是，我又是個多愁善感之人，活像個男版林黛玉，……儂今葬花人笑癡，他日葬儂知是誰？開心時寫、憂愁時寫、忿恨時寫、悲傷時也寫，不知不覺積累了不少作品。看樣子，哪日不出版個詩集，還真對不起自己。

談情說愛，何必忸怩作態，它本來就可以很直白、很濃烈。

敘述人事物，就算絮絮叨叨如老頭子碎念，有何不可？碎念，不就是春風對著大地的竊竊私語。

老話一句，唯真最美。

鋪床

大女兒負笈赴美留學，拿到博士學位後，隨即留在美國就業，一晃眼七年過去。其間，女兒回來過幾次，她把她房間內，美國生活上能用得到的東西，能帶的帶，來不及帶走的整理好裝箱，再交由我們空運，前後也寄送了幾大箱。目前還留在房間衣櫥裡的衣服、書櫥與置物櫃裡的東西，應該算是她不想要，但又不好意思，當著父母面扔的東西，只好暫時先擺著了。而我們也搞不清楚，她到底還要不要，只能等她日後回家時再處理。

女兒離家後，衣物雖然帶走了不少，但原本稍嫌紊亂的房間，反而變得整潔明亮許多，床上依舊鋪著床單、放著棉被，只要不刻意打開衣櫥、置物櫃查看，房間的樣子看起來一切如故。

習慣上，家裡每週固定會清掃、整理房間，女兒的房間自然也一併打理好。

只是，碰到要換床單時（床墊很重，換床單的工作一直是由本人包辦），內人要我將女兒房間的床單也一併更換，換床單向來是我的工作，剛開始不覺得有甚麼奇怪之處。不過，長時間下來，總覺得既然房間長時間沒人睡，根本不需要定期更換床單。因此，我想我可以使用紫外線除蟎機將床墊徹底處理，再用大塑膠袋套起來，既防塵又省事，又可以免掉一再換床單的麻煩。孰知，內人聽完我的提議後，臉色一沉，堅持不肯，問她為甚麼，她只是寒著臉，不言不語，也不答腔。

我只好摸摸鼻子，悶著頭繼續換床單，只是心裡不以為然地嘀咕著，這不是整人嗎！

直到有一次，那天正好要更換所有房間的床單，老頭子我操累了半天，總算整理好家裡的清潔，正心情輕鬆地坐在客廳裡看報紙。無意中，看見內人走向女兒的房間，本不以為意。不過，看她站在門口，一副神情憂傷的模樣，又遲疑片刻才走進房間的舉止，倒引起了我的好奇心。於是，我站起身、躡手躡腳的跟在其後，只見內人走進房間，先四周張望了一下，像似五坪大的房間彷彿有十坪大。她伸手先將書架上，排得已經整齊得不能再整齊的書又仔仔細細的排了一遍，然後坐在書桌椅上看著床發呆，不知不覺中眼淚潸潸已然而下。過了好一會兒，她起身將擺在床上的娃娃移至書桌上，再將床單四角拉直，又用手將床單抹平。只見她靜靜地一邊抹床、一邊抹去臉上淌著的眼淚，動作重複又重複，然後再將移至書桌上的娃娃，一個一個擺回床上。這時，我懂了！原來，那是媽媽思念女兒的方式，嘴巴不說，態度卻是如此地壓抑。

從此，只要內人交代要更換床單、被套的當下，我不再多問一句話。默默地拿下床單，換上乾淨的床單，拉好四角、鋪平床單，仔仔細細地將床整理好。因為，當爸爸的我也同樣地思念女兒，只是我也沒說。

緣分

宇宙，蒼茫、浩瀚無垠；人類，渺小如蒼海一粟。

茫茫人海中，認識一個人，很難！如若還能有緣，進而相知、相許、共度一生，更是難上加難啊！

人跟人的相遇，是上天恩賜的緣分，即是偶然，也是必然，今日不見，他日必相見。因為，那已是彼此生命中的緣定。「緣」是老天安排，「分」卻是需要自己用心經營，「緣分」才能圓滿。佛說：「短短今生一面鏡，前世多少香火緣。」就是這個道理。

真實的世界裡，物換星移、命運難測，滄桑歷盡後，緣分圓滿者稀。有人生來富貴，有人生來貧賤，這些都是天注定，沒得選擇，埋怨也沒用。因此，與其自怨自艾，不如好好地耕耘眼前的那一畝三分田。

天邊的彩虹雖美，腳邊的玫瑰卻是唾手可得，問題是你也得伸出手去摘，就算給刺扎了，付點兒代價也算不得甚麼。更何況，染了鮮血的玫瑰更加嬌豔。

正如有首歌名叫〈不見不散〉（由三寶作曲、張和平作詞）的歌詞寫道：「不必煩惱，是你的，想跑也跑不了；不必煩惱，不是你的，想得也得不到。這世界，說大就大，說小就小。就算妳我有前生的約定，也還要用心去尋找，不見不散。……」意思是說，就算彼此生命中的緣定，我們也得用心去尋找、用心去守護。

「短短今生一面鏡，前世多少香火緣。」的福分難得，人跟人之間能有緣相識，已然是緣，差別只在緣深、緣淺。香火緣如能修成正果，那是八輩子修來的福氣。

緣分是一種感覺，在某一個當下，與某個陌生人擦肩而過，一股似曾相識的感覺油然而生，就像已經注定好，也約好日子要相見。那種感覺，像南風吹過，像冬陽拂臉，再自然不過。

眾裡尋她千百度，驀然回首，那人卻在，燈火闌珊處。只不過，你的似曾相識，不代表對方也會有同樣的感覺，自作多情，甚至表錯情，惹來一頓白眼的尷尬情況總是難免。因此，我們總是不停地尋尋覓覓，相信下一個燈火闌珊處，總會有知心人。而內心裡殷殷盼盼的，只不過是願得一心人，白首不相離。

親情是緣，才能結為父母兄弟姊妹。

友情是緣，不然毫無瓜葛的兩個人，怎可能在滾滾紅塵裡生死相交。

愛情是緣，云云眾生，妳我才能相遇，才能結為連理。

生命是緣，前世已矣，今生好好把握，如果有來生，來生還是緣。

如果六親緣淺，緣聚緣散，時間雖短暫而遺憾，但那也是緣。

緣分是奇妙的邂逅，緣分是真心的相愛，緣分是不變的承諾，緣分是無悔的陪伴，緣分是安逸的老去。

花開花落終有時，緣來緣去不由人，若非彼此因緣俱足，愛一個人，守著一個人，生死相許，無怨無悔。很難！

凝視

我喜歡看妳，任何時間、任何地點，因為我喜歡妳。

我願意為妳，忘記我自己，因為我喜歡妳，滿腦子裡只有妳。

我願意隨妳，浪跡天涯，無怨無悔。因為，只要有妳在的地方，那裡就是我停泊的港灣，那裡就會是我的歸處。

我喜歡聽妳說話，我喜歡聽妳用軟軟又慵懶的語調，使喚我跑東、跑西，我更喜歡跟著妳團團轉，只為了要聽妳說話的聲音。妳笑我傻，妳笑我不言不語，只會傻傻地對著妳笑。卿卿的妳可知?石樹和尚曾有言：「面壁竟無語，拈花或有言。」我不是不說話，但我更願意為妳拈花萬千。因為，我喜歡聽妳說話，勝過我自己說話。只是，妳可願好好地看我一眼?以那種如星光閃耀般的凝視。妳那深邃的眸光，就是驚蟄的春雷，喚醒我久遭封印的靈魂。然後，再為我破顏微笑。癡情如我，願意為妳，忘記我自己，甚麼都可以給妳，只因為我喜歡妳。

作者攝於摩洛哥索維拉（Essaouira）路邊塗鴉。

俗諺中，男性追求女性有十種招式：「一有錢、二有緣、三英俊、四年輕、五嘴甜、六苦肉、七賴皮，八糾纏、九強迫、十敢死。」有的，我沒有；有些，我做不來；有些，我不屑做。看來，我似乎沒有一種吻合，我只有鍥而不捨的傻勁。

但是，妳甚麼都沒說，似有千言萬語，卻又有無從說起的無奈。妳冷眼的看著我折騰，像一個與妳毫不相干的旁觀者。「冷漠」藏在凝視我的眼眸，是那種讓人心痛、無能為力又無言的凝視。冷冷的一眼，勝過千言萬語，沒有理由的理由，就是最好的理由。

我願意為妳，忘記我自己。但妳可願意為我，也忘記妳自己？

妳別過頭，妳收起了笑顏，默默無言的離去。

落花有意，流水無情。顯然，我只是自作多情。

可知，妳那冷冷的凝視，就那麼一眼，斬斷了千絲萬縷的糾葛，斬斷了妳我前世的緣定，也斬斷了妳我今世的緣分。

野薑花

一般而言，女生愛花，男生較不愛。女生會為自己或心愛的人買花，也渴望心愛的人送花。若探病、婚喪喜慶不論，男生買花大都是送女生，會送花的男生較浪漫，但再怎麼浪漫，也鮮少買花給自己。

因為，正常狀況，男生不會一時興致，莫名的買一朵玫瑰花、一枝鬱金香或一束百合花給自己。如果非選擇不可的話，男生大都喜歡海芋、蘭花、向日葵，甚至天堂鳥之類的花，我卻覺得那些花長得死板，都是屬於那種看起來毫無瑕疵的花，活像人造的塑膠花。實在太假了，我一點兒都不喜歡。

我喜歡野薑花，以一個大男生而言，不！應該說，以一個老男生而言，是蠻奇怪的！當然，我並非平白無故地喜歡上野薑花，剛開始純粹是基於實用性的經濟價值，與浪漫毫無關係（如今想想，當時也是挺俗氣的）。話說當年中學時，參加學校的童軍社，從「野外求生課程」的知識中，得知野薑花是可食用、可藥用的植物，也是野外求生時不可或缺的食材，引起了我的好奇與注意。

後來，在一次野營活動中，帶活動的老師將麵糰柔成長條狀，裹在竹筒上烤熟當主食，又以採摘來的龍鬚菜與野薑花，做了兩道配菜，一道是龍鬚菜（佛手瓜的嫩芽）炒野豬肉絲，另一道是野薑花煮雞湯。只可惜，野豬肉的腥羶味太重，白白糟蹋了龍鬚菜不說，整盤菜根本是無法下嚥。而本來不是主角的野薑花雞湯，反成了唯一的選擇。烤麵糰佐雞湯，土雞肉固然好吃，但雞湯中散發的野薑花清香，如山風習習，一陣又一陣的敲打著味蕾，更是讓人吮指難忘。當下，只覺得小小一朵的野薑花，看起來一點兒都不張揚，捧在手心裡又美又香，放在湯裡也是又香又好吃，真是個神奇的東西。

由於，野薑花大都生長在低海拔的溪畔山澗，尤其是臨近清靜乾淨的溪流邊。每每參加野外活動，只要是爬山涉水，我總有機會看見那些潔白無瑕的小白花，一叢叢的相互依偎著，一副與世無爭的模樣。小白花慵懶地把自己藏在綠色的花萼筒裡，睡醒後如一隻隻白色的蝴蝶，帶著一身淡淡的清香，孤傲的在山澗溪邊飛舞戲耍。

只要可以，我一定會挑選有長著野薑花叢的地方躺下，看著天上的白雲悠悠慢慢，嗅著清風吹過花叢帶來的花香，讓人不陶醉也難。

自此，野薑花與我，一次又一次的邂逅，可愛的白色小精靈，早已在不知不覺中深深地烙印在我心中。

我喜歡野薑花，我喜歡聞它淡雅的清香，我喜歡看白色的小花一朵接一朵的綻放，我更喜歡看它在山蔭下、小溪邊生氣盎然的生長著。但再怎麼喜歡，卻從來不曾再有過將之採摘回家的念頭。昔日，野外求生活動時採摘花朵與嫩葉入菜的行為，如今想來儼然有如焚琴煮鶴般的心痛。

後來資訊發達，慢慢才知道，野薑花原產於印度喜馬拉雅山，西元一九〇〇年間引進臺灣，因其繁殖力強，環境適應力也強，很快就適應了臺灣的氣候水土。野薑花除了花形美麗宜人、香味濃郁之外，整株都是寶。花朵當然是主角，可食用、可藥用。新鮮的花朵與嫩葉可當青菜食用，煮湯或清炒皆宜。將未開花的花苞爆炒肉絲，即是一道可口的佳餚；開過花的野薑花，摘除含有苦味的花心後，曬乾泡茶飲用，有治療失眠的效果；地下根莖香氣濃烈，更可權充生薑的代用品，抑制魚肉的腥羶味。除此之外，根莖也有發汗祛風寒、治頭痛、消除筋骨酸痛的藥效。而寒性體質者，則可將整株野薑花連花帶莖入藥，或可削減藥草中的寒毒。

相信跟我一樣喜歡野薑花的人應該很多，喜歡野薑花的人多了，自然而然就有了許多美麗的花語。

野薑花帶給人們快樂、信賴、愉快、力量與鼓勵。

野薑花讓你（妳）不能不愛它，送情人一束野薑花，讓他（她）時時刻刻想念妳（你）。

夏日美麗如畫，只要野薑花開，人們會將美麗的記憶永遠留在夏天。

野薑花又代表著孤獨、高潔、清雅。

這些絕不是過譽之詞，只要你（妳）有心親近它，你（妳）一定會喜歡。

除了野生的野薑花，市場早已有經濟栽培的野薑花，常作為庭園植栽或家庭用的插花素材，在每年五至十月的花期內，取得並不困難。因此，只要福至心靈，我總會買一束野薑花回家，經過太太的巧手修剪，只見一枝枝插在花瓶裡的白色小精靈，有如一群白色的小蝴蝶繞著花瓶翩翩起舞，揮動著沾滿香水的小翅膀，攪得整個房間清香四溢。只可惜，花朵綻放短短的三五天不到，即已枯萎凋落，令人為之感傷。但能享受它曼妙迷人的舞姿與淡雅醉人的清香，足矣！

暖手爐

我手上收藏有兩個「暖手爐」，一個是紋銀材質，一個是黃銅材質，那是十來年前去大陸廈門工作時，在廈門大學附近中山路步行街的一家骨董店買的，只記得不便宜，但到底多少錢？早已忘得一乾二淨。

去骨董店尋找暖手爐，並非甚麼福至心靈的突發奇想，而是特地央請住在當地的朋友帶我去找，準備買來送給兩個女兒的驚喜禮物。

當時，大陸製播的清宮劇正風靡臺灣，先是吳奇隆與劉詩詩主演的《步步驚心》，緊接著是陳建斌與孫儷主演的《後宮甄環傳》。觀眾收視的盛況可比六〇年代的黃梅調電影《梁山伯與祝英台》，雖不能說是家家戶戶，但也相去不遠。

《步步驚心》是訴說一名白領女子張曉因為意外事故，從現代穿越到清朝康熙年間，變成滿族女子馬爾泰．若曦。由於她來自後世，深知當朝歷史中所有相關人物的命運，理智上想置身事外，卻因為與阿哥們亦師亦友的深厚交情而不忍離棄，最後身不由己地捲入「九王奪嫡」的紛爭，雖然費盡心力地想要化解四阿哥與八阿哥的鬥爭，非但結果還是一如歷史的宿命，她也因與四阿哥彼此間的誤會，斲傷感情，身心受創，最後在絕望中香消玉殞。

劇中若曦不同於當代女性保守封閉，個性活潑大方，反而深受阿哥們喜愛。她仰慕姊夫八阿哥溫文儒雅、風度翩翩的風範，其姊卻因心有所屬與其貌合神離，她由憐而生愛，奈何八阿哥無意放棄追求皇位爭奪，終至落敗的命運。後來她又因為抗旨拒婚，遭康熙帝重罰，而四阿哥（後來的雍正皇帝）默默守護與數次捨命相救的情誼，讓她決定一生愛相隨，只可惜兩人因為誤會而分手，若曦隨即病故，雍正也為之抱憾終生。

若曦、八阿哥與四阿哥的感情糾葛，千絲萬縷剪不斷理還亂。其中又與四阿哥兩人情深虐戀的情節，讓觀眾的情緒隨著劇情起伏，糾心不捨。

《步步驚心》播完之後，青年男女，圈粉一堆。男的不是八爺（八阿哥）就是四爺（四阿哥），女的幾乎人人都是活潑大方又堅強的若曦，而我們家也不能免俗的多了兩個若曦，直到隨後的《後宮甄環傳》開播，才轉移了姊妹倆的注意力，若曦也就自然消失了。

《後宮甄環傳》則是開創宮鬥劇的先河，劇裡妃嬪、太監、宮女們為了爭寵，手段、權謀盡出，彼此間合縱連横、欺矇狡詐、威脅利誘、甚至構陷害命有之。將宮闈裡不為人知的矛盾衝突、爾虞我詐，赤裸裸的呈現在庶民百姓面前，充分滿足了小老百姓對皇家的好奇與窺視慾望。

《步步驚心》與《後宮甄環傳》兩部劇的收視率，先後席捲全臺灣，造成轟動，尤其是《後宮甄環傳》，更是廣受大中華地區觀眾喜愛。

話說《後宮甄環傳》，它不僅是宮鬥劇的先河也是女力的展現，劇中人物對白蘊藉雋永，深富厚實的文化底蘊，加上精緻華麗的清朝服裝，精美考究的首飾穿搭，令人目不暇給。雖然整齣劇是圍著雍正皇帝打轉，但劇裡諸多錯綜複雜的人物關係、感情糾葛、殘酷鬥爭，十足貼近現代職場上鉤心鬥角的真實人性，讓觀劇的大眾有如身歷其境，心有戚戚焉的大呼過癮。

君不見劇裡的妃嬪與格格們，個個明艷動人，雲鬢高攏，綴著華麗珠寶的鈿子上插著各式各樣名貴的髮簪、步搖，腳踩花盆底鞋，手扶婢女，走起路來如風吹擺柳，搖曳生姿，煞是好看。但誰能想像得到，深宮中人笑靨如花、金玉其表的背後，卻是爾虞我詐、殺聲隆隆。人跟人之間的互信幾乎蕩然無存，殘酷現實與美好想像的衝突，在在都證明了誰的權謀詐術高明，誰就能在殘酷的現實中贏得勝利。

霎時間，只要家裡有看劇的青年男女，男的不是成了「阿哥」，就是「貝勒爺」；女的不是說自己是「哀家」，不然就是「本宮」。因此，不管是在職場、在學校還是家裡，大夥兒多多少少都會選個劇情，即興的演上那麼一齣，而且默契十足。加上，劇中臺詞金句連連，例如：

「賤人就是矯情，裝模作樣的勾引皇上……。」

「別人幫妳，那是情分；不幫妳，那是本分。」

「再冷，也不應該拿別人的血來暖自己。」

讓人回味再三，扮演後宮甄環傳的角色，幾乎成了全民運動。

不過，劇裡面這些勾心鬥角，彎彎繞繞的情節，我家女兒或許還是學生、年紀又輕之故，一點兒都不感興趣。她們倆只對劇中人物的造型、漂亮的服裝、華麗而不俗的首飾感興趣。一路津

作者收藏的暖手爐。

津有味地點評著劇中人物扮相的美醜，衣著穿搭的好壞，專業得像選美比賽裡的評審。

劇情來到了冬天時節，大雪紛飛，層樓疊榭的皇宮一片銀白，粉妝玉琢，如夢如幻。只見宮裡的后、妃、嬪、格格，甚至那些服侍娘娘、主子、小主的美婢們，相約結伴至御花園賞梅、賞雪。真個是衣香鬢影、珠圍翠繞，好不熱鬧。個個是光鮮亮麗，爭奇鬥艷，自然是無庸置疑。最特別的是為了保暖，把左右手一起穿在色彩繽紛的暖手筒裡，要不就是在手掌心握個秀氣又典雅的暖手爐。

我的兩個女兒，對劇中眾姝手捧暖手爐，賞花賞雪，閒話家常，一副輕鬆自在，氣質優雅的模樣羨慕不已。於是，自己動手ＤＩＹ用布丁杯權充暖手爐，再在杯身兩側各鑽個洞，穿過塑膠繩當作提把，然後把布丁杯捧在手心裡，還真是有模有樣的。有事沒事，不是捧著暖手爐，就是雙手套個暖手筒，扮演著各種角色。剛開始還稱我為皇上，稱她們母親為太后娘娘，然後自稱臣妾；要不就是相互小主長、小主短的叫個沒完。聞言，我們差點沒昏倒，這些稱謂豈只是亂了套，根本是讓人哭笑不得。我只好正經八百地說道：「妳們就算演戲也得先把輩分搞清楚才行，不然被同學聽到，會笑掉人家大牙。我是『皇阿瑪』，媽媽是『額娘』，妳們是『格格』就是公主，身分千萬不要弄錯了。臣妾是皇帝的妃嬪，她們會自稱『本宮』，彼此間則以姐妹相稱，不會互稱『小主』，小主是侍候的婢女叫的。」。

小孩子心性，天馬行空，前一下子是格格，後一下子立馬變成妃嬪。但不管是格格或妃嬪，反正演戲嘛，想演甚麼都可以。只不過，看她們兩姊妹各自捧著布丁杯對戲時，說多寒磣，就有多寒磣。當下，我就決定下次去大陸出差時，一定要給她們各買一個正宗高檔的暖手爐，不然拿個布丁杯當暖手爐，哪有半點尊貴的格格樣兒，怎麼看都像丐幫小乞兒。

去骨董店找暖手爐，當然不是買仿製的新品，我是抱著尋寶與收藏的心態去找，只要跟老東西有緣，說不定會讓我找到又美又合適的東西。

不久後，我去廈門出差，如願的找到一銀一銅，兩支外型古拙、雕工細緻的暖手爐。回家後，兩姊妹知道我買了暖手爐給她們當禮物，高興得合不攏嘴，急急忙忙拆了包裝，看到暖手爐的當下，眼睛都發亮，因為她們知道愛收骨董的老爸，買的一定是好東西。而且如我所料，姊姊挑了銅爐，妹妹選了銀爐。

有了真正的暖手爐，她們姊妹倆對起戲來，生動自然，宛如明日之星。為了發揮暖手爐真正的功用，我還特地去買了一包木炭，要用的時候，取出個三五塊，先在瓦斯爐上燒紅放入爐中，爐身再用錦囊袋套上，防止過熱燙手。只是沒想到，讀小學的小女兒竟然帶到學校去獻寶，造成全班轟動不說，還累得班上其他同學的家長，因為小孩吵著要買骨董暖手爐而頭痛不已。為此，班導師還特地打電話到家裡抱怨了一番，要我們不要過分寵溺孩子。

如今宮鬥劇熱潮已過，女兒也已長大，姊妹倆相見時，偶而還會互以「本宮」自稱，只是似乎壓根兒已經忘記，她們曾一天到晚掛在嘴邊，有事沒事就叫的「皇阿瑪」與「額娘」了。有時，真想跟她們說：「偶而叫個幾聲『皇阿瑪』、『額娘』之類的話，讓我們也開心一下。」

至於，兩姊妹當時愛不釋手的暖手爐，早已棄之如敝屣，隨手擺在她們房間的書架上，只差沒當廢棄物扔掉。

好在，當年我買暖手爐是以收藏古物的心情購入，雖然所費不貲，但畢竟是老東西，底蘊十足，就算隨手擺在書櫥裡，看起來依然是古意盎然，不減其風華。

註：暖手爐又稱捧爐、袖爐、火籠。源於隋唐，盛行於明清。民國以後被白金懷爐取代而沒落，漸次的從市場消失。現今的收藏品裡，屬於冷門的「雜項類」，收藏的人不多。

溫州街

前陣子，迷上了一家藏身於泰順街的日式鐵板燒餐廳，一個月至少會去光顧個一兩次。不過，平常興致一來，只要能訂到位，說去就去。

每次去，總是把車子停在辛亥高架橋下的停車場，再從溫州街輕輕鬆鬆地走進去，可以直直的走，也可以隨興地穿過橫橫豎豎的巷子，很快的就會看到十八巷，然後左轉接泰順街。其實，不管怎麼走，總是會走到十八巷，沿路還會經過著名的自由主義思想家殷海光教授的故居，巷底的左側是泰順公園，餐廳就在公園的斜對角。一路是沿著滿植楓香樹的林蔭長巷走來，黃昏時候，金色的陽光透過枝椏，把綠葉鍍上金箔，光影閃閃爍爍的撒落一地。巷弄裡，日式黑瓦白牆的木造老屋此起彼落，古樸的圍牆上爬藤滿布，庭院裡的老樹蒼翠挺拔，恬靜的守著往日風華。從外頭望去，就像小時候，攀爬在鄰居家的圍牆上，望著幽靜深邃的庭院，簾幕無重數的感覺，讓人有著無限的遐思。

兒時，故鄉嘉義（日據時代的木業之都）的日式木屋很多，鄰居或同學家又大都是日式木屋（後來才知道，鄰居或同學能住大間日式木屋的人家，非富即貴，要不就是機關首長），下了課穿梭在彼此的家中是再平常不過的事，從不覺得有甚麼稀罕之處。只不過，嘉義的日式木屋規模有大有小，分散四處，多年過去，如今想必也所剩無幾。因此，每每走在溫州街上，總有著無以名狀的悸動與親切感。

走多了幾次，漸漸才知道溫州街的歷史淵遠流長，更是人文薈萃之地。溫州街諸多日式老木屋的前身，係日據時代的帝大教授宿舍區，始建於一九二八年，後來交由臺灣大學使用至今，歷經了近百年風華。歲月悠悠，儘管黑瓦褪色、白牆斑駁、梁柱毀朽，老當益壯的木屋依然默默無語地刻畫著滄桑。其中居住過這裡且較具代表性的風流人物，除了殷海光教授，還有國學大師臺靜農、臺灣獨立運動領袖彭明敏教授、閩南語大師吳守禮教授、人類學家陳奇祿教授、歷史學家曹永和先生等。甚至，臺灣應用化學與應用機械的先驅（日據時代的帝大教授）化學家大山義年先生、創作《臺灣畫冊》為後世臺灣人所熟知的灣生畫家立石鐵臣先生也是。因此，漫步在溫州街裡的每一個巷弄、每一個轉角時，總會感覺到處處都有訴說不盡的故事，地靈人傑就是溫州街的底蘊所在。

有時，我們會提早個把鐘頭，走到溫州街的小巷弄裡瞎逛。先沿著綠蔭盎然、蟲鳴鳥叫的楓香樹道緩步而上，初夏的晚風帶著楓香樹散發的芬芳，讓人未聞心已醉，然後隨意地拐進任一條小巷弄。古老的靈魂迎面而來，不同的轉角，藏著不同的驚喜，遇見老木屋就是滿滿的幸福。

最近一次，我們又提前來餐廳。夫妻倆走到十八巷巷口尚早，我一時心血來潮，突然想到十八巷再過去的另外一頭，似乎沒走過。於是，徵得嬌妻同意，抱著森林探險般的心情直直地繼續往前走去。一路上，我像個鄉巴佬似的東瞧西望，心裡才在嘀咕著怎不見半棟老屋，全是些沒啥特別的公寓房子，等走到溫州街與和平東路的路口時，突然發現這個地方似曾相識，看起來眼熟得很，才猛然回想起四十年前，自己曾短暫過住溫州街，而當時賃居的公寓就在眼前。頓時，塵封的記憶一下子浮現在腦海，萬千感慨湧上心頭，內心裡不禁一陣哆嗦，整個人霎時如斷線般呆立路旁。

時間悠悠慢慢，話說當年我才二十啷噹歲，從屏東恆春調來臺北當兵不久。服役的部隊在公館附近，由於軍官可以外宿，原租住在金門街一個專門出租給學生的公寓，但房東（一位眼睛裡只有錢的老太太）實在太摳門又不可理喻，合約還沒到期，我就捨了押金火速搬離。本來在和平東路的巷子裡找好房子，付了訂金也約好入住的日期。搬家前兩天，房東突然通知要翻修浴廁與油漆，原先說好出租的房間要延遲三個月時間才能入住。要不然，入住可以，但沒有浴廁可以使用。情急之下，我只好騎著摩托車沿著和平東路，四處找出租房子。說好運也算好運，才騎出和平東路的租屋處不遠，就在溫州街口的廣告立牌上，看到短期出租套房的小廣告。

房東（不！應該說是二房東）是一對年輕夫妻，聽他們自我介紹時了解，先生是某公司的業務經理，太太也在上班，每天兩人早早出門，晚晚才回家。至於，為甚麼要將套房出租？原來是房東的兒子要結婚，房東通知他們，三個月後租約到期，房子要收回自住。這房子是他們夫妻倆跟朋友一起承租，朋友買了新房後搬走。因此，多出了一個套房，空著可惜，乾脆再轉租出去，套房租金多少可以幫他們分攤點房租。由此可見，這業務經理的財力，應該也只是普通而已。

二房東開著一輛紅色的馬自達跑車，擺在樓下的固定車位。當時，社會風氣封閉保守，男人開紅色車不常見，尤其是敞篷跑車更是招搖，讓人不由得會多看兩眼。只是，我看他的長相跟氣質，怎麼看都不像個業務經理，倒像是混黑社會的兄弟。二房東太太也不像太太，像大哥的女人，身材火辣、頗具姿色只是濃妝豔抹有點俗氣。看人時，一對媚眼鈎來鈎去，她不要我叫她房東太太，要叫房東小姐。

套房的陳設很陽春，一張大床、一張書桌、一張書桌椅外加一個大塑膠衣櫃。浴室更是簡陋，一隻沒有坐墊的馬桶、一座髒到不行的洗臉台，還有一具淋浴的蓮蓬頭。

看著二房東夫妻這副德性，加上房間設施實在簡陋，當時我並非沒有猶豫租或不租。不過，房租實在便宜，地點又方便，而我又只是短租三個月，本來就很難找房。

我尋思著，只要禮貌應對、保持距離，應該相安無事。更何況，當時是在服兵役，軍人如果連半點冒險犯難的精神都沒有，如何保家衛國？於是，二話不說的當場租下。

搬進去不久，我發現賃居的公寓樓上有位小姐（我住二樓，她住三樓）跟我一樣，早早就得出門上班。每天一早七點，我下樓，她也下樓。鄰居走在同一個樓梯間，一早見面，總得禮貌的點點頭或微笑致意。一個月過去，從她表情淡然，到恬靜有禮，到面露歡顏，再到眼眸含情、面帶嬌羞地跟我道早安，我知道，慘了！闖禍了，她似乎對我有意思。嗯……，富家女欸。俗語說：「窮小子娶豪門千金，人生少奮鬥二十年」。富家女，對我這種南部來的小孩，怎會沒有吸引力？可是，我身邊有女朋友，我……不能招惹她，我……只能裝聾作啞。因此，每早遇見她，內心總會天人交戰好一陣子。

樓上樓下的戀情，跟吃窩邊草沒兩樣，而我這人最忌諱吃窩邊草，最重要的是對自己的女朋友也交代不過去。更何況，這裡最多只住三個月，白天部隊裡事多，晚上又要打工，多一事不如少一事，哪有閒情逸致再招惹別的女生。於是，每天早上，繼續點頭、微笑、道早安，然後裝傻。

真正的問題，是出在某一天的半夜……。

黑暗中，一張冒著濃濃酒氣的嘴，緊緊的封住我的嘴，舌頭如靈蛇般貪婪地探尋著我的舌頭，然後沒命的吸吮著宛如沒有明天，酒氣、唇膏味、胭脂味灌了我滿嘴，腦筋一陣空白。我的胸膛，被一對豐滿又柔軟的乳房緊緊地壓著，有個全身赤裸的女人，扭動著她的身子，恨不得把整個人鑽進我身體。睡夢中，我還以為碰到了鬼壓床！直到，那女人發出了情動地呻吟聲，那聲音像極了房東小姐，聲聲地呼喚著我的名字，又伸著一手一腳粗暴地想扯下我的內褲。我又不是死人，怎可能沒有生理反應。只是，半睡半夢中還以為自己是在「做春夢」，不以為意。

這時，我醒了，完全嚇醒了。天啊！這可不是做春夢，那個活生生、大剌剌地趴在我身上的大裸女，不正是房東小姐嗎？她喝得爛醉，嘴裡一邊碎念著我的名字，一邊找我的嘴唇，身體還不停地在我身上蠕動著。

我二話不說，一個轉身，翻下床，立馬奪門而出。

我知道這女人是毒玫瑰，碰不得也碰不起。

臨陣脫逃的結果，當然是換來一陣訕笑。孬！沒種！

從第二天開始，只要房東小姐的先生（後來知道，只是諸多追求的男朋友之一）不在家，剛好我也在家，房東小姐一定會來敲我的房門。然後，嗲聲嗲氣地用肉麻的言語撩撥我，要不就是對我毛手毛腳。似乎，她很享受我對她無可奈何的窘樣，有事沒事耍弄我一下，反成了她最大的樂趣，真是叫人哭笑不得。更頭痛的是，我還不能對她怎樣。相反的，她還真希望我能對她怎樣。好在，那段日子不長，過沒多久我就搬走了。

依稀還記得房東小姐姓吳，名字忘了。

樓上的女孩，我始終沒問她姓啥叫啥，因為我不敢問。搬家前一天在樓梯間相遇時，我也只故作輕鬆的隨口提了句：「喂……那個……小姐，我明天要搬家了。妳……多保重！」然後，故作瀟灑的擦身而過。

我剛上臺北又是服役，家當不多，用不著找搬家公司。因此，找了部隊的同事開吉普車幫忙搬家。東西搬上車後，我一屁股跨上摩托車，頭回都不敢回的落荒而逃。因為，我知道背後有兩道利如冰錐的目光，狠狠地射來，一道是哀怨，一道是熾熱。

搬家後，也不知怎地，再也沒想過溫州街的糗事，溫州街的點點滴滴好像莫名地從記憶中消失。如今想來，那位不知名的女孩，性情那麼好，應該會嫁個好人家，現在正幸福地過著日子。至於，那位熱情如火的二房東小姐，相貌如何已完全淡忘。只是回想中，那令人作嘔地酒氣味兒，似乎一下子又充斥我滿嘴，但不能否認的是她那對豐滿又柔軟的乳房，實在令人難以忘懷。

猶記得當時住在溫州街，每天一早騎摩托車上班，出了溫州街，右轉和平東路，再右轉走新生南路，接羅斯福路到公館圓環，我服務的單位就到了。因此，賃居溫州街的三個月時間裡，壓根兒沒想過，溫州街的另一頭到底長啥樣子？今天似是因緣俱足，鬼使神差下重回舊地，憶及往事雖談不上唏噓，但若說沒有遺憾，那是欺騙自己。往事難免讓人懷戀，但有些事、有些人莫名的忘記，許是冥冥中的緣盡，浮生若夢，煙花易冷，雲煙過往，何嘗不是鏡花水月，黃粱夢一場。

「親愛的，你在想甚麼？這麼入神。走吧！再不走，就要遲到了。」耳邊突然響來嬌妻黃鶯出谷的天籟，立馬將我拉回現實，……回憶嘎然而止。

這時，暮色漸垂，嬌妻的秀容映著夕陽的餘暉令人陶醉，我帶著微微笑意看著她，情意在眼眸裡流轉，伸出手輕輕握握她的手，表示為夫我知道了。

怎知，我內心裡早已是驚滔駭浪，嚇出一身冷汗，拽著拳頭的雙手也微微地顫抖不已，而到底是懷念樓上的女孩，還是熱情如火的房東小姐，還是看到嬌妻溫柔婉約心有赧然，我自己也茫然。

別人溫州街的印象是濃濃的人文氣息與溫馨恬靜幽雅的環境，我的溫州街記憶卻是曖昧、香豔又刺激，真不知是幸還是不幸。

生日蛋糕

小時候，物質匱乏，父親是公務人員，所得不高，我們家裡又有五個孩子，食指浩繁，日子過得清苦。

後來，母親為了貼補家用，在家裡開了個小雜貨店，一邊帶小孩一邊順便看店。孰知，母親個性豪邁、大氣，做起生意大開大闔，小雜貨店開得有聲有色，不久就擴大經營成了中盤商。雜貨店生意很好，父親要上班，除了星期假日，平常也幫不上忙；母親每天忙進忙出，要補貨、要看店、要洗衣煮飯，根本沒有太多時間搭理我們。但神奇的是，再忙，每日三餐，不管是點自隔壁的陽春麵攤、街上餐館叫的、巷子裡的自助餐買的，或是母親自己下廚做的，除了上學中午需要送便當（當時有專門幫忙跑腿，代送便當的行業）的小孩之外，她都有辦法在差不多的時間內，像個會變魔法的魔法師，揮著無形的魔法棒把一家老小的肚皮打理好。

母親看似放任小孩，其實是以生意人的觀點教養我們，並非她自己刻意為之。她說：「為人處事一定要有誠信、一定要勤奮工作；讀書也一樣，書是為自己而讀，父母可以供你們吃穿，但沒辦法幫你們讀書，成績好壞自己負責。」因此，她從來不在意小孩子們的成績好壞，只在乎我們品行好不好。長大後，回想起來，應該以老莊的「無為而治」，來形容母親的教養方式，似乎更為貼切。許是祖上有德，歪打正著之下，我們五個兄弟姊妹沒有一個學壞走岔路。反而，事業、學業各有所成。

家裡做著生意，每天來買東西的，除了巷子裡的幾家工廠，大都是街坊鄰居的媽媽們。但其實，買東西只是藉口，主要是來串門子聊是非，東家長西家短的不亦樂乎。因此，蹭飯的、幫忙包水餃的、吃水餃的、端午節幫忙包粽子的、生日幫忙唱生日快樂歌、吃生日蛋糕的，常常裡裡外外都是人。外人多了，習慣成自然，諸多家庭活動，鄰居不請自來也就不以為奇了。只不過，一家人單純過日子的情景已難再回，記憶中從小到大似乎都在忙亂中渡過。

父親菸酒不沾，省吃儉用苛刻自己，但非常重視家庭關係。尤其每逢家人過生日，當天一定會買來奶油蛋糕，晚餐後全家集合為壽星慶祝，許願、吹蠟燭、唱生日快樂歌，年年如此，直到小孩長大各自嫁娶。當時奶油蛋糕算是最高檔的蛋糕，我們家五個孩子加上父母，一年就有七個蛋糕可以吃。

當時臺灣有句俗語：「大人生日吃肉，小孩生日挨打。」一般人家吃顆蛋或豬腳麵線就算過生日，大部分的人家，討生活都不容易，哪有甚麼閒情逸致過生日，更不要說，幫小孩子做生日這檔子事。因此，我們家買奶油蛋糕，給小孩子做生日，算是奢侈了。當時，大多數的人家，早餐是吃稀飯配醬菜或吃乾飯（需要做粗活的人家）配醬菜；少數較有錢的人家喝牛奶，吃土司麵包抹果醬或奶油。而且，真正的奶油是非常昂貴，一般都是使用乳瑪琳（植物性奶油）代替。就因為如此，每當唱完生日快樂歌，切蛋糕之前，父親會拿來大碗公，將蛋糕面上的奶油刮除大半裝入碗中。然後，慎重地封好，存放於冰箱，日後用來當作抹烤土司的奶油。

剛開始，孩子們覺得很新鮮，抹在烤好的土司面上，顏色有白、有黃、又有紅，煞是好看。味道也還不錯，雖然不能跟純奶油比，但比乳瑪琳好吃太多了。只是，一年七個生日蛋糕，刮下來的蛋糕奶油，份量也是夠多的了。也就是說，蛋糕奶油一年到頭不缺。但再好吃的東西，次次吃，月月吃，年年吃，吃久了不膩才怪。更何況，蛋糕奶油是奶油的代用品，冰在冰箱擺久了不新鮮也不好吃。到後來，孩子們看到蛋糕奶油，就倒胃口地喊拒吃，幾經抗議之後，父親才悻悻然作罷。

後來，我非但拒吃蛋糕奶油，還得了奶油恐懼症，從此不吃奶油蛋糕，奶油也只能接受塊狀的純奶油。

因為奶油恐懼症之故，我只喜歡清蛋糕，就是那種甚麼都沒抹的蛋糕，更簡單的說法就是海綿蛋糕放大版。

可能是清蛋糕花樣少沒賺頭，麵包店的糕點師傅非得弄個夾層，抹上奶油或果醬，然後再塞點水果，而且偏偏又都是我不愛吃的水蜜桃或是櫻桃的進口罐頭水果。

只是，奇了、怪了，這些糕點師傅好像不塞點東西，就不會做蛋糕似的。純做清蛋糕的蛋糕店幾乎找不到，一家換過一家，找不到一家滿意的。因此，每到我過生日的時候，太太總是為了找不到合我喜好的生日蛋糕而頭痛不已。我甚至想過，既然自己這麼難搞，乾脆自己學做蛋糕算了。但是，如果為了想喝天然香純的牛奶，自己養一頭乳牛，實在也太扯了，只好把這個念頭，爛在肚子裡。

但生日到了，總得買個生日蛋糕，許許願、吹吹蠟燭、唱唱生日快樂歌，才算圓滿。不然，總覺得一年過去，冷冷清清的無人聞問，怪可憐的。

如今民生富庶，高檔的麵包店林立，要買個清蛋糕不難，但好吃又合我口味的清蛋糕就很難說。

難不成我得點一炷香，遙問諸葛亮先生（糕餅業守護神），借問清蛋糕何處有，然後等他顯靈託夢。我的願望很簡單，就是找個麵包店，能做甚麼都沒有，但好吃的清蛋糕，有這麼難嗎？

諸葛亮說：「大哉問啊！」

飢餓行銷

「市場行銷」簡單的說，就是產（生產廠商）、銷（經銷商與通路商）、用（消費者）三個角色之間的互動。

良性的「產銷用關係」是生產者根據市場導向，供應品質優良的產品，建構健全的售後服務系統。這就是古人說的「貨真價實、童叟無欺」，做生意講究的是買賣誠實，公平交易。除了求取合理利潤，同時也非常重視企業信譽與永續經營的態度。現今的社會，世風日下，人心不古。「產銷用關係」早已摻入較有侵略性的狼性作法，其中當然含括了所有良性的方式，但增加了人為操作的模式，使單純的供銷用關係充滿了爾虞我詐的商業算計，買賣不必然誠實，也不在乎是否公平。

「飢餓行銷（Hunger Marketing）」即為狼性行銷的手法，泛指生產廠商藉控制產品上市的供應數量，配合社群耳語、反差性廣告，營造出產品奇貨可居、供不應求的氛圍。然後再利用消費者的購買慾望、好奇心，與越是得不到的東西，越是想得到的逆反心裡。生產廠商也可藉此提高產品價值、增加銷售量、創造超額利潤。一舉數得，皆大歡喜。完全是「商品行銷學」與「顧客心理學」的聯合作戰模式。

事實上，生產廠商以人為方式操縱市場，算準消費者「物以稀為貴」的預期心理，並滿足消費者在同儕間「炫耀的虛榮感」。飢餓行銷，徹底激發了人性貪婪的本性，顛覆了生產者與消費者之間和諧的互信關係，單純的商業行為，反成為瞬息萬變與爾虞我詐的兩軍（生產者及消費者）作戰。

因此，良性與狼性最大的差異，取決於「飢餓行銷」的作為，到底是生產者故意還是無心。舉例來說，在日本隨處可買，價格親民又十分可口的「雷神」巧克力，係在一九九四年由日本有樂製菓開發出品，並開始在日本九州地方販售，當時囿於財力窘迫，無法在媒體上大肆廣告，僅能靠著業務員逐戶推銷。產品缺乏宣傳，知名度自然無法打開，一度還因銷售不佳而暫停販售。後來藉由開拓大學消費合作社的通路，並得到名人加持（日本體操國手內村航平與首相安倍晉三都是愛用者）一炮而紅，迄今歷久不衰。

臺灣統一集團嗅到商機，於二〇一一年進口黑、紅雷神巧克力，鋪至旗下 7-11 超商試賣，只可惜市場反應平平。統一集團不氣餒，次年九月又引進大包裝的大雷神，因分量大適合朋友們一起分享。年輕族群因而在社群網站間渲染、炫耀，吃過雷神巧克力的人就是流行、就是潮，加上物美價廉的優勢，瞬間在市場爆紅。除了超商、量販店、大賣場也競相進口，搶搭這股全國瘋雷神的熱潮。一時之間炒熱了話題，到處都出現了搶購的人潮，供不應求之下差點沒暴動。間接也造成了日本有樂製菓，因供貨不及而暫停販售臺灣。經銷商只得採取限量方式銷售，反而達到意想不到的廣告效果。明明是廠家產能不足、供貨不及，銷售商硬把它操作成奇貨可居、買到賺到的期待心理。經銷商的反向行銷與危機處理能力，令人不得不佩服，更值得學習。我稱之為「且戰且走的飢餓式行銷」，即是一種可以隨時輸入變異參數，隨機應變的商業行銷模式。

當年蘋果「iPhone 4」，簡單俐落的外觀設計，雙面玻璃外觀與當時業界最高解析度的螢幕，引領了全世界智慧型手機市場的風騷。蘋果公司以「在線登記」與「門市排隊」購買的方式供貨，每人限購一台。蘋果手機代表著創新與突破，擁有它就是品味與時尚的象徵，這種高格調又與有榮焉的參與感，讓果粉們甘願排隊，排個幾天幾夜也樂此不疲，就是要在首發日買到新手機，這就是蘋果精神的凝聚力的表現。蘋果手機就是好、就是創新、就是時尚、就是有品味，這種論調從 iPhone 4 開始屢試不爽，果粉們幾乎也都不經大腦的閉著眼睛買帳。因此，我稱它為「催眠式的飢餓行銷」。

二〇一一年底，大陸手機小米1上市，跟iPhone強調的創新設計，完全是背道而馳，打著「沒有設計就是最好的設計」理念異軍突起，採限量、限時預購方式銷售，由於性價比（CP值）超高、售價又低（可能已低於製造成本），十萬支手機三小時內銷售完畢。小米廠商以計劃性控制缺貨的手法，保持消費者的搶購熱度，先打響知名度。然後，依約量產並保證產品優良品質，建立起好口碑後，再回歸正常出貨狀況，這時消費者的產品忠誠度已然成形。這就是小米的「謀略式飢餓銷售」，明目張膽的直來直往，毫不拖泥帶水。

但將飢餓行銷的把戲玩得爐火純青的佼佼者，當以法國精品愛馬仕（HERMES）莫屬。眾所周知，愛馬仕是法國著名時裝與奢侈品的品牌，它的商標意象來至Alfredde Dreux所畫的水彩畫，畫裡面有一位小馬伕，站在一輛雙座馬車邊等待他的主人。馬車就是愛馬仕產品，而駕馭馬車的就是顧客自己，隱喻喜歡愛馬仕產品，就是主動、積極、有品味，勇敢做自己的人。

當然，愛馬仕的迷哥迷姐們口袋一定要夠深，等買到某個金額，即可列名於當地精品店的貴賓名單中。這個作法，舉世皆然，並不為過。但有一個所謂的淺規則，到底是愛馬仕總公司授意的配貨方式，還是各銷售點擅自主張的做法？我們無從查證。那就是精品顧客除了累積消費成為貴賓外，還得鎖定某一個銷售員幫她（他）做業績，同時也要花時間跟她攀交情。等彼此關係好了，配貨額度也買夠了，銷售員才有可能主動通知你，有特殊或限量商品到店。那時，你才真正有機會一窺門道，買不買得到限量版的Constance、Birkin或Kelly包，完全要看你跟銷售人員的交情夠不夠。一個願打，一個願挨，我們旁人沒甚麼好置喙的。只是，這種一面倒的賣方市場做派，總是讓人覺得太過強勢不可取。但消費者像是被下了情蠱似的，再怎麼樣被索求無度，總是死心踏地的無怨無悔，我認為這是種「情蠱式的飢餓行銷」。

不過，話說回來，我以為只要買得起，崇尚名牌本來就是是人之常情，當事者高興就好。

後來，我發現桃園、香港、成田、夏威夷、法蘭克福，還有某些國家的國際機場，都有愛馬仕的免稅店。國際機場裡進出的，幾乎都是觀光客，不需要甚麼人情壓力。只要是開店，愛馬仕的免稅店當然會有一定的業績壓力，銷售人員必然有貨就賣。因此，愛馬仕的鐵粉們，不妨可以去觀光客占比較高的地方試試運氣，只要想買的不是那種特殊顏色、材料的包款，自然有機會買到心目中想要的商品。

如果非限量版不買，讓銷售人員吊足胃口的予取予求，那是自己犯賤，神仙難救也就沒甚麼好抱怨的了。

雕花門片

沒搬新家之前，我山上的舊家，收藏有兩扇中式的鏤空雕花門片。

雕花門片是在一個偶然的機會從古董店買來，當時只是覺得門片雕工細緻，窗櫺上象徵福祿與富貴吉祥的意象，如蝙蝠、元寶、牡丹等雕花一應俱全。但造型非但沒有繁複的俗艷感，還不經意地顯露著古拙典雅的風韻，很像古時大戶人家內院房門的門扉。加上，線條簡單俐落，讓人一看就愛不釋手。只是，當我輕撫著窗櫺上的雕花時，一種似曾相識的熟悉感油然而生，許多人、許多事，模糊得不能再模糊的雲煙過往，莫名地湧上心頭，難不成這門片與我有緣？當下，我忍著心裡的悸動，故作鎮定地向店家探詢著雕花門片的來處，然後若無其事的出價買下。

好笑的是，等店家將兩扇雕花門片送來後，我看著門片，一時之間卻不曉得能幹甚麼？於是隨意將之靠在客廳的牆邊當作裝飾，不意一擺就是幾年過去。

作者收藏的雕花門片。

後來，在市區買了一個新的樓層，裝潢房子時，心想：「這雕花門片，總該派上用場了吧！」於是，央請設計師設法將雕花門片予以活用。

當時，設計師的原始構想，是將兩扇雕花門片融入「玄關」設計，當作玄關的背板使用。孰知，誤打誤撞之下，後來卻成了衣櫥的門扇。

依稀還記得，當時玄關動線規劃，是從大門入口經過川堂，再進入客廳，川堂與客廳交會處的空間即為玄關。然後，正對大門方向，擺上一張黃花梨的長木條桌，作為玄關桌，最後再將兩扇雕花門片固定於桌後，作為玄關的背板，即可隔開川堂與客廳，同時也可當作「屏風」分出裡外。

只不過，等實際將兩扇雕花門片立上後，一左一右的門片雖緊靠著玄關桌固定，效果上是隔出了裡外，但現場的感覺，卻是異常的空洞單薄。左右的兩扇門片，就像一對失智的老夫妻，孤苦無依的站在空曠的馬路中央不知所措，橫豎怎麼看就是不對勁。

等設計師跟我，站在川堂上向內一看，才猛然發現，房間內客廳區的樓板挑高三米六，當作屏風的門片卻高不到兩米，門片上面到天花板，還有一米六多的高度，空空蕩蕩的一大片空間有如太虛幻境。

我又不是在建「照壁」避邪，總不可能平白無故在路中央立上兩扇門片，就當它是玄關。

退一步想，就算勉強當它是玄關，也總得有個東西讓它左依右靠、前後呼應，才算完整。而且，門片上的空間空空如也，看起來蒼白、空洞，而且怪異。無奈之下，只好先把門片拆除，然後將黃花梨的長木條桌，直接對著川堂，權且當作玄關。沒想到，門片拆除後的空間，竟然有著一種穿透的空靈感，令人為之驚艷。

只是，閒置多年的雕花門片，一下子又成了無用武之地的廢物，只好又暫擱一旁。

不過好巧不巧，當時房屋空間設計時，特別在主臥裡規劃了一間獨立的開放式衣帽間。採歐式風格設計，強調簡單大方，使用方便，又有現代感。但等真正使用起來時，卻發現有個惱人的問題，就是那些穿過還打算再穿的衣服，根本沒地方掛。就算穿過的衣服不髒，但畢竟在身上穿過，甚至穿出門過，跟乾淨的衣服掛在一起，總是不乾淨也不衛生。

為了解決這個問題，設計師在臥室的牆面與牆角，配置了幾組義大利進口的藝術衣架，有壁掛式的、有橫桿式的，還有立架式的。只是，義大利進口衣架價格昂貴不說，牆邊放掛衣架，不管是立式、橫式，還是壁掛式，衣服掛在上面，再整齊也是難看。

更何況，穿過的衣服隨手一掛，固然方便，實則品味很差，失禮得很。表面看起來只是隨便，豈不是等於間接顯露出屋主人的美感不足，毫無藝術氣息可言。

簡單一句話說，就是大老粗裝斯文。

試想，主臥裡既然可以隨便擺個掛衣架了事，哪還需要花大錢請設計師規劃設計？

後來，設計師也自覺配置藝術衣架的構想不妥，主動提議變更衣帽間的設計。他請木工師傅在衣帽間的拉門外，隔出一座獨立的雙開門衣櫥，專門用來晾掛穿過的衣服。

衣櫥的設計的很簡單，一長方格與兩小格，有三組掛衣桿，可依據需要，晾掛長短不同的衣服；雙門是對開的木條格柵設計，樣式高雅簡潔，通風性又好。

問題是東洋味太重，跟衣帽間的歐式風格大相逕庭，令人難以接受。只好，請木工師傅先把櫥身做好，等日後確定門扇的樣式，再另行安裝。

房子裝潢好後，衣櫥門的樣式依然沒有確定，只好將就著使用。只是，沒有門的衣櫥，感覺上就是怪。一日，心血來潮，我突然想到那兩扇閒置的雕花門片，反正閒著也是閒著，不妨拿來試裝看看。為了配合衣櫥的尺寸，設計師特地將尺寸較小的雕花門片，加上做舊處裡過的同色木頭邊框，做成了衣櫥的門片。沒想到，門片才裝上，窗櫺上典雅別緻的雕花，立即起了畫龍點睛的妙用。原來暮氣沉沉的衣櫥，一下子鮮活了起來，整個主臥也讓人為之一亮。

話說回來雕花門片，真不知是用在古時候哪一個大戶人家小姐的閨房？當年買下門片時，莫名其妙湧上心頭的許多人、許多事，或許真跟我有著千絲萬縷的關係，但模糊得不能再模糊的林林總總，實在難以追憶。如今，許是雕花門片的靈力已失，每天開開關關著衣櫥，心頭的悸動不再。

佛說：「萬發緣生，皆係緣分。」

因此，我只能說：「不管你或妳是誰？有緣無緣，託夢來。」

漫談文化創意產業

「創意」就是創造力（creation）與想像力（imagination），簡單的說就是抽象的藝術意象。創意，是跳脫既有框架的一種直覺，是一種無形的思維模式，也就是「靈感」。但何謂靈感，那是一種突如其來又虛無飄渺的感覺，聞不到、看不見也摸不著。藝術家和設計師或會以文字、圖畫、商品的方式直接表現其創意，宛如魔法師般揮動著魔法棒，將虛無飄渺的靈感賦予生命，以實體的方式呈現。

藝術創作，一如青菜、蘿蔔，各有所好，屬於主觀認定範疇，好壞與否？見仁見智。藝術家的想像力天馬行空，抽象的藝術意象亦如百家爭鳴，愛之欲其生，恨之欲其死，根本沒有客觀以對的空間。將靈感具體化，進而商用量產，看似焚琴煮鶴，功利庸俗。但何嘗不是落實想像力呢。藝術家創作再好，總得有人欣賞，總不能老是漫步在雲端，不食人間煙火，偶而飛落凡間的尋常百姓家，接接地氣才會有人性。無人聞問的設計，只是孤芳自賞罷了。好看，不代

表一定高貴；實用，也不代表俗氣。

「文化」是一個族群的品味、生活與思考模式，不同的族群自然會有不同的文化。文化，往大處看，要有民族色彩；往中處看，要有地方色彩；往小處看，要有個人色彩。

「文化創意」的概念很簡單，就是有文化色彩的創意。

「文化創意產業」（以下簡稱文創產業），是深耕及內化自我的文化內涵，設計出有文化特色、有流行時尚元素的商品，經由市場可行性評估後，再將創意予以具體化並發揚光大。創意具體化後，透過產業合作予以量產化，再以商業手段行銷走向國際，推廣特色文化、創造財富。而流行就是市場，引領流行的是藝術家和設計師源源不斷的創意，創意需要文化的底蘊，沒有文化的創意，如流星劃過天際，稍縱即逝；有文化的創意，才能帶動流行風潮，才有市場。文創產業沒有市場，一切都是空談，市場是文創產業的衣食父母，實是難以逃避的殘酷現實。

試舉幾個符合「文創產業」概念的案例說明如下：

1、某知名鳳梨酥廠商，除了在百貨門市、地區門市、機場專賣店展店，甚至還花巨資在中部山區修繕舊三合院，以土親人也親的方式，訴說其產品的草根性，輕易地拉近與消費者的距離。產品禮盒，包裝清新脫俗，禮盒內附有故事卡，讓產品跟消費者有如知心朋友般的自然交融；禮盒提袋，設計成可重複使用的環保布袋，樣式簡單不俗，只要消費者提著到處走，自然達到廣告效果。產品風味創新好吃、有地方特色、包裝高雅有品味，市場接受度高，廣受國內外消費者讚賞。除此之外，該廠商還參與多項公益活動，表達其回饋社會的心意，更是讓人激賞。

2、臺中有家饅頭店，秉持以「純淨自然、用心手做、創意美學」的理念，將傳統饅頭製作成可愛的水果、動物等超過五百款的造型，以一個平均高於七十元的單價銷售（傳統饅頭單價大約十五至二十元），再以既典雅又可愛的外包裝，透過網路推廣照樣是賣得嚇嚇叫。

3、二〇一九年國立故宮博物院舉辦「國寶衍生商品設計競賽」，其中「平面藝術設計組」的首獎作品《墨戲仙草》，以清代石谿《雲山煙雨圖》為範本做成外觀塑膠模具，利用奶油球乳白色液體的流動性，在仙草凍的表面上表現出畫作，令人為之驚艷，產品深受歡迎，銷售業績自然亮麗。

其他絕大部分的商品，大都是假文創之名，只在包裝上大搞花樣，藉著花俏繁複的包裝，吸引消費者注意而購買。過度包裝，有違世界環保減塑的潮流不說，產品華而不實，既無創意也毫無地方特色，讓購買過的消費者常有遭欺瞞之感。

這種現象在觀光風景區、老街、地方商圈最為嚴重，尤其以文創為名的各式紀念品為最。事實上，樣式大同小異，差別只在包裝上或商品本體上換了個地名而已。

換句話說，只要跟文化扯上一點邊的人事物，通通可以自詡為文創。至於，是否是真文創或偽文創？沒有任何客觀機制可以判別。因此，只要商品、作品或設計隨便安上「文創」二字，醜小鴨也可以變天鵝，身價立刻翻上好幾倍。

「昂貴」就是「文創」的代名詞。

雖然，市場的回應最現實，騙得了一時騙不了一世，東西不夠好、不能引領風騷，很快就會被市場淘汰。但問題是，無良廠商在被淘汰之前難免會有消費者受騙，文創成了廠商斂財的戲法。

好事不出門，壞事傳千里，受騙事件經由受害消費者的口耳相傳之下，文創二字慢慢地被汙名化，劣幣反而驅逐良幣，「文創」幾已變成了「騙創」。更諷刺的是，文化部從二〇〇六年開始推動的五大（華山、花蓮、臺中、嘉義、臺南）文創產業園區，因成效不彰，遭監察院調查要求檢討改進。試想，連握有龐大資源與公權力的政府，對無良廠商都還束手無策，我們小老百姓也只能睜大眼睛，看緊荷包，自求多福了。

從台視門前走過

年輕時，賃居在八德路臺安醫院後面的巷子裡，上班的公司湊巧就在復旦橋（已於民國八十年拆除）旁的旭寶大樓，住處離上班的地方不遠，走路穿越敦化南路就到。旭寶大樓後面的巷子裡有家餐廳名叫「醉楓園」小館，主廚姓彭，一手廣東菜燒得是爐火純青、飄香十里，而且經濟實惠，高貴不貴。館子裡有幾道讓人百吃不厭的菜餚，譬如瓊山豆腐、鹽焗中蝦、蔥油毛肚、芋泥香酥鴨，聽說是我去公司就職前不久才開幕，巷子口就是赫赫有名的臺灣電視公司。

不曉得是因為地利之便，還是有機會碰到台視公司的名歌星、名演員、名記者，只要是接近用餐時間，餐廳裡總是高朋滿座，生意好的不得了。

我們公司的業務如果想請客人吃飯，沒有提前個幾天訂位，臨時去是絕對不可能有位子坐。不過，我下班後倒是常常去光顧，但不是去蹭熱鬧看電視明星，只是因為那時還沒結婚，孤家寡人一個，一人吃飽全家吃飽，成了醉楓樓的常客。

只不過，多年前明星夢碎的塵煙舊事，讓我對台視有著無以名狀的彆扭。每每路過台視，往事總是會莫名的湧上心頭，躲都躲不掉。因此，吃完飯從醉楓樓出來，我寧願繞遠路回家，也會刻意的避開走到巷子口的台視。說來好笑，我在彆扭個甚麼勁兒？當時是我自己的選擇，跟台視八棒子打不上任何關係，而且也明知怪罪台視毫無道理，但「不甘願」明星夢碎的矛盾心理，就是過不了自己心裡的坎。

話說高中畢業那年，由於大學考得不好，放榜過後沒幾天，家父就帶著我從嘉義搭火車北上，報名補習班準備重考大學。當時，家父有位相交甚篤的老同事，原在他們單位裡的文化工作隊表演歌舞與話劇，後來被挖角到臺北高就。聽說，業已貴為臺灣電視公司的「名製作人」。她知道家父要帶兒子北上，特地約在台視的員工餐廳請我們父子倆吃中飯，飯後順便帶我們參觀電視公司，讓兩個鄉巴佬開開眼界。

入座後，家父要我尊稱她「阿姨」。她說：「叫大姐就好。叫阿姨，把人都給叫老了。」席間，我們沒大沒小的大姐、小弟叫個沒完，話題雖是南轅北轍，卻也相談甚歡。高中剛畢業的我，身高一米七五，皮膚黝黑，身材結實勻稱。長相談不上俊美，但也長得有稜有角頗具個性。年紀雖小，但口齒清晰、個性活潑，加上嘴巴又甜，一副稚嫩的小鮮肉模樣，深獲「名製作人大姐」的喜愛。

名製作人大姐知道家父帶我北上的目的，是安排我報名補習班準備重考大學。只不過，她對為甚麼非讀大學這檔子事，深深地不以為然。吃完飯，她直接就跟家父表示，認為我有演戲的天分，浪費時間讀大學，不演戲可惜了。因此，提出要簽我進她公司當基本演員的要求。她要我先進公司的演員訓練班，受訓合格後帶我進電視公司演戲。日後，躍上大銀幕演電影也不無可能，以我的條件，假以時日，成名可期。

從小，我是喜歡演戲，也愛耍寶，面對大眾也不會怯場。進電視公司演戲的誘惑，怎不令人怦然心動。

但是，有個不太好的前車之鑑，確確實實地明擺在眼前，讓我很猶豫。當時鄰居有位跟我們家熟稔的大哥哥，已經簽在她旗下當基本演員。大哥哥長得是又高又帥，我的外型固然不差，但跟他比起來，身高、外型根本就不在同一個檔次。因此，兩相比較之下，我知道日後演戲要當男一是不太可能，當男二也要靠機運，而且當男二要出頭太難了。只是，誰知道大哥哥條件那麼好，卻是繡花枕頭一個，個性懦弱膽小，跟他高大的外型完全不搭。更慘的是，口齒不清，口條也不好；歌舞不行，戲演得更不好。去了臺北幾年，連續演砸了幾齣戲，成了捧不紅的阿斗，無人邀約，只能窩在公司裡打混，不但沒賺到錢，還要靠父母接濟。大哥哥的媽媽（我應該稱呼伯母）常來我家串門子，只要一提到她這個演戲的兒子，氣就不打一處來，氣他不務正業、滿腦子不切實際的明星夢。可見，演戲不容易，要靠演戲過生活，更不容易。

因此，幾經考慮之後，我覺得我還是先把書念好，有了一技之長，日後才有能力養家活口，要不要演戲，有的是機會。雖然心裡捨不得，也不甘願，我還是婉謝了名製作人大姐，乖乖地去補習班，重新做回我的學生，跟名製作人大姐的緣分也嘎然而止。然後，跟一般的男生一樣，讀書、當兵、就業、結婚、生子，日子過得平凡得不能再平凡，一晃眼近五十年過去，壓根兒也沒再想過要演戲當演員的事。

不過，我得再描述一下大哥哥演藝事業的後續發展，不然虎頭蛇尾，對看倌們無法交代。

大哥哥戲演得實在太爛，一直紅不了，只好在公司待著等機會。窩著窩著，公司窩久了，近水樓臺，竟然成了名製作人的「小王」。後來，小王扶成正宮，也跟名製作人有了孩子，兩人過了好一陣子幸福美滿的日子。但好景不常，個性剽悍獨立的名製作人，嫌棄大哥哥英雄氣概不夠，移情別戀又貼上另一個小鮮肉，硬是要跟大哥哥離婚，梅開三度的嫁給小鮮肉。只是，沒想到大哥哥死賴著不走，寧願不計名份在家帶小孩，名製作人也樂得享當齊人之福。大哥哥由正宮，一下子變成被包養的禁臠，真是個能屈能伸的「大丈夫」，讓人不得不佩服。

小鮮肉先生卻是個好高騖遠的傢伙，做生意、當導演拍戲，做哪樣賠哪樣，沒有一樣成功。

偏偏又自命風流，到處拈花惹草，還時不時外遇一下，讓名製作人為了防狐狸精傷透腦筋。整個家也為了小鮮肉先生桃花不斷，一天到晚搞得雞飛狗跳、烏煙瘴氣。我們可以想像它的場景是，大哥哥當禁臠甘之如飴，小鮮肉先生習慣性外遇，名製作人一天到晚為了抓姦疲於奔命。這家人實在是有夠亂的亂，但也是「人生如戲，戲如人生」的最真實的寫照。

算算，名製作人大姐的年紀現在應有八十好幾。人老了，青春、美貌、身材都沒了，剩下的只有錢。她那吃軟飯的小鮮肉先生（現在應該是老鹹肉先生），還是繼續拿著她的錢，有花就拈、有草就惹，還洋洋得意、樂此不疲。名製作人大姐為了宣示主權，只好一天到晚盯著她先生，人前人後秀恩愛，八十幾歲的老太太非得忸怩作態，擺出少女嬌羞的模樣，讓人看得啼笑皆非、於心不忍。

其實，人要變心，山都檔不住。「以色事人者，色衰則愛馳，愛馳則恩絕。」說的就是這個道理，男女都一樣。名製作人大姐為了拴住色心堅強的先生，只能灑更多的錢供其揮霍，但夫妻要靠錢維繫關係，實在是悲哀至極，想來令人不勝唏噓。

還好那時候，我沒一時昏了頭，真跟名製作人簽了約，當她旗下的基本演員。我會這麼說，並非幸災樂禍，或對名製作人大姐有甚麼不敬的意思。事實上，她個人的感情生活雖然複雜，但並不影響她戲劇製作的能力。那些年中，她製作過好幾齣受歡迎又賣座的連續劇，也捧紅了好幾位男女演員。如果，我當時沒有自知之明，臨崖勒馬。高中一畢業就演戲，外表不夠出眾，又沒有才藝，要成名根本就不可能。加上沒有一技之長，直到今日，最大的可能就是星海沉浮，過著三餐不繼、勒緊褲頭等通告的日子。沒當成演員，談不上遺憾，只是「演戲」應該是大多數人，人生過程中少有的經驗，沒有機會嘗試，覺得非常可惜罷了。

我在旭寶大樓公司的工作，做了三年多後離職，換到職位待遇都高的美商公司工作。結了婚，還在民生社區買了個小套房，離開了那個區域。後來，我又從民生社區連續搬了幾次家，愈搬愈遠。不過，輾轉多年，只要一想到要吃廣東菜，第一個從腦中閃出的念頭，一定是醉楓園。只可惜，現在的住家離醉楓園很遠，除非是來社教館或是小巨蛋看表演，或特別想吃醉楓園的菜餚，否則難得往這個方向來。

今日，沒別的理由，只是內人想吃芋泥香酥鴨，首選當然是醉楓園。於是，我又從台視門前走過，明星夢碎的塵煙舊事依然在腦海中油然而生，我還是我，依然只能搖搖頭的無言以對。

台視的外觀依舊，只是門前冷冷清清，早沒了當年鼎盛時的熱鬧氣氛。

一如我的青春，我的明星夢，也早已消逝得很遙遠、很遙遠。

想想，我跟台視與醉楓園似乎有著千絲萬縷的關係，亙古的不解之緣。

魂牽夢縈大漢山

從前，男生當兵是義務，除非少數人因為特殊原因沒當兵之外，大部分的男生一定會去當兵，甚至有些父母會藉此評估女兒所結交的男友，嘴巴雖沒明說，事實上是以男生有沒當兵，當作身體健康與否的指標。軍隊訓練艱苦、紀律嚴明，講究的是服從，令出必行。合理的要求，是訓練；不合理的要求，是磨練。因此，正常狀況下，男生若能扎扎實實的服完兩年或三年兵役，心性會漸趨成熟，為人處事也會相對穩重許多。雖說好漢不提當年勇，但部隊確實不失為將男孩淬煉成男子漢的好地方。

當年我當兵時，從軍校受完專長訓後直接分發單位，只知是臺灣屏東的某一個中隊，隸屬於空軍的戰管聯隊。報到單上載有服役單位代號暨報到的日期、時間與地點，較特別的是竟然可以自行報到，而且報到地點是在屏東縣、潮州鎮上的某街、某號。

報到是日，我抱著滿臉狐疑與忐忑的心情去到報到單上指示的地址，原來它只是我服役單位（應該說部隊）設在潮州鎮上的「官兵招待所」，地點就在潮州火車站附近的大街上。報到後才知道，部隊駐紮的位置遠在屏東與臺東交界的偏遠山區，而且營區還是設置在一座海拔一千八百公尺高，名叫「大漢山」的高山上。

招待所位於一排有四層樓高的連棟樓房的其中一間，周遭是售賣南北百貨的店家與大小不一的小吃攤。招待所外表上看起來毫不起眼，毫無半點軍事單位的模樣，一樓是店面格局的開放式空間，素色的粉刷牆面與清水泥地板，牆面與地板傷痕累累，可見常有重物出入，內牆角落設有兩張鐵製的辦公桌椅，此外沒有任何裝潢；二三樓是官兵臨時休息處，有盥洗室與茶水供應；四樓樓梯口掛有「禁止入內」的警示牌，想必是招待所內工作人員的辦公室或寢室。招待所內不供膳食，主要是做為對外聯絡、收發的窗口使用，另外也方便休假與收假的官兵進出與伙食採買時廠商集散運輸所需，每日有交通車往返於部隊與招待所之間。

說好聽是交通車，其實是一輛兩噸半、柴油動力的軍用大卡車，清晨從山上開出，下午再從潮州的招待所開回部隊，交通車開向枋寮方向，經「水底寮」蜿蜒上山，大約要開兩個多小時。

我老家在「嘉義」，那時候只知道往北部跑，南部最遠也只去到「高雄」，「潮州」是個連聽都沒聽過的地方，更不用說更遠的「枋寮」（後來才知道，枋寮是臺鐵縱貫線的最後一個車站）。其實，不管是潮州還是枋寮，初中的地理課都上過，只不過從來沒有注意過它，等課本上不起眼的地理名詞，變成了眼前活生生的城市，才發現原來還真有那個地方存在。

其實，是我自己孤陋寡聞，軍用大卡車的後車斗本來就配置有遮風避雨的帆布棚。因此，只消再在車斗兩側加裝座位，即可改裝成可搭載人員與物資的交通車。我們單位的交通車座位是長條板凳設計，舒適度談不上，不過一個挨著一個，倒是可以擠上不少人。當兵嘛！刻苦耐勞是本分，不到三個小時車程，忍一忍也就過去。副駕駛座則由當趟車次最高階的軍（士）官搭乘，我們稱之為「ＶＩＰ座」，也有人戲稱之為「頭等艙」。

交通車一路兜兜轉轉，我坐在車棚裡，視野被侷限在車棚正後方，只見森林、峭壁、山路不停地向後飛逝，突然有種不知身在何處、前途茫茫的失落感湧上心頭，不由得自怨自艾起來，心裡嘀咕著這營區還真是遠啊！一個多小時之後，交通車突然停了下來，司機班長吆喝了一聲：「大家下車，休息半小時。」原來，交通車會固定來到一個原住民部落稍作休息，車子就停在部落裡唯一的一家雜貨店門口，車停久了，雜貨店反而成了「交通車休息站」。大家魚貫的爬下車，整車人除了我愣在一旁之外隨即鳥獸散，上廁所的、抽菸的、買山產的、找人聊天的，各個走街串巷，熟悉得像回到自家廚房似的。

我們部隊有兩百多名官士兵，陸海空軍都有，但主要是空軍，隸屬於空軍戰管聯隊。基地的建築物以白色、草綠色與水泥色為主，主建築物是一大棟三層樓高的官士兵宿舍，沿著宿舍向後走，馬路兩側是不同功能與大小不一的工作區間，馬路盡頭有兩座高聳的建築物，外形像超大顆的白色高爾夫球牢牢地安放在基座上，它們就是我們部隊的靈魂所在——「測高」與「測遠」預警雷達系統，白色的高爾夫球造型是雷達保護罩，看起來非常壯觀。

站在營區的任何一個角落，往臺東方向望去，大武山有如守護神般的高高聳立眼前，張開強而有力的雙手將大漢山緊緊地環抱在懷裡。大武山海拔超過三千公尺，是中央山脈南端最後一座超過三千公尺的高山。山勢氣勢磅礴，古木參天，有「南臺灣的屏障」之稱，同時也是「魯凱族」、「排灣族」與「卑南族」的聖山。遠眺大武山，只見層巒堆疊，山嵐起伏，雲霧繚繞，實在很難想像這是我們部隊所在之處，大漢山不像部隊的營區，倒像是個練功修行的洞天福地。

當時部隊裡的兩百多名官士兵都是男生，而且全部都生活在同一棟宿舍裡，三樓是長官寢室與餐廳，二樓是純寢室，一樓則是提供官兵休閒活動的空間，如康樂室、中山室、福利社等。換句話說，所有人員吃飯、睡覺、活動全在這棟宿舍裡。別的軍種我不清楚，但我記得除非是戰情升級或演習需要禁休外，我們部門基本上是每當班十天，就休假八天，然後周而復始的循環。當班時，每日值班是三班制輪班，因此值完班後的待班時間很多。

待班的時候，大部分人是待在寢室睡覺，部分人會去康樂室打橋牌、打撞球、打乒乓球，或去運動場打籃球打發時間。只有少數人喜歡閱讀、學習樂器或聽帶子學習外語等。當然也會有些人，呼朋引伴的私自在寢室內飲酒作樂，或吆五喝六的聚賭、打麻將。不過，只要不要太招搖、太喧嘩，就算長官知道了，大都也只是規勸了事。

軍事單位，紀律嚴明，分層負責，層層節制。因此，我們中隊就算有兩百多名官士兵，該當班的當班，該休假的休假，值班時各司其職。每天作息按表操課，部隊運作正常順暢，但缺點就是單調枯燥。其實，「大漢山」風光明媚，服兵役像來到山上的度假村，若不是因為部隊有諸多限制，當兵跟度假心境自然不同。誇大一點說，將大漢山視為「世外桃源」也不會太過分。只是，待班的時間太多，再加上所有人員吃飯、睡覺、活動又全在一棟宿舍裡，大漢山雖然美如世外桃源，日日看、月月看，甚至有些人是年年看，好山好水也會變得好無聊。

當班、休班，當班、休班，一成不變，確實是挺無聊的。但無聊歸無聊，在大漢山上當兵的一年半多的日子裡，還是發生過不少有趣與印象深刻的事，至今幾十年過去，偶而還是會有一鱗半爪的零星畫面在腦海中莫名的閃過，回想起來，總是令人回味再三。

經過幾次休假往返，我總算搞清楚了交通車沿路的狀況。交通車從水底寮上山，走的是往返部隊的專用道路，屬於軍事管制區域。上下山的山路是粗糙的柏油路面，只夠軍用大卡車單向通行，坐在車上，一邊是懸崖，一邊是峭壁，沿路雖有錯車點的設置，但突然發生的錯車狀況，仍是驚險萬分的讓人嚇出一身冷汗。不過，看司機班長開起車來，一副輕鬆自如的樣子，你不得不佩服他們心臟強大，當然也藝高人膽大。

無論是清晨下山或是黃昏上山，交通車繞著山路徐徐前行，深山裡人煙罕至，野生動物很多，一路上蟲鳴鳥叫，加上不時傳來不知名動物的咆嘯聲此起彼落，宛如一群默契十足的演奏家，演奏著聖桑的《動物狂歡節》。一路上翻山越嶺，大卡車的柴油引擎，時不時會發出加重油門的怒吼聲，森林裡的蟲鳴鳥叫聲，也時不時會隨之嘎然停止。當下，我總覺得我們像一頭魯莽的野豬，在寧靜祥和的森林裡，不解風情地到處橫衝直撞，毫無氣質可言。

交通車上下山途中，一定會在一個只有幾十戶人家的「魯凱族」部落停頓並稍作休息，部落除了偶而會有幾個登山客闖入，平常只有我們部隊的官兵休假下山或收假上山經過。因此，還沒等到交通車停下休息，村子裡的村民已經將他們捕獲的獵物在雜貨店外的桌椅上、地板上、過道上，舉凡任何能擺上東西的地方，擺好攤子準備銷售。

攤子上常見的東西，大都分野菜與野味兩大類。野菜是山蕉、山蕨、小芋頭、山茼蒿……，以及私釀的小米酒。野味相對來講種類較多，有溪魚、溪蝦、飛鼠肉、果子狸肉、穿山甲肉、野山羊肉、野山豬肉……，有次我還見過一大頭對切的野山豬，偶而也會看到一些不知名的草藥。村子裡的原住民小孩則是在休息站附近遊走，見人就兜售活的蛇、野鼠、野兔、斑鳩、竹雞、小野豬之類的小動物。看來，應該是他們設陷阱捕獲的獵物。

不管是大人賣的野味，還是小孩兜售的小動物，銷路都是挺好的，因為當時的社會風氣迷信越是野性的動物越滋補，吃野生動物就是食補，人們深信野生動物有滋陰補陽、強身健體的功效。連我自己也買過不少次野兔與斑鳩之類的東西回家，讓母親加中藥燉補身體。幾次買賣下來，一回生二回熟，三回四回是朋友，我還因此認識了一位年約十二三歲，名叫卡巴路（Kabalu）的原住民小孩，他認為我買東西從不討價還價是個好人，除了喜歡跟我做買賣之外，還想把他十八歲名叫萊伊萊伊（Rairai）的姊姊介紹給我認識，當下讓我哭笑不得的不知如何是好。不過，後來我們真成了好朋友，只不過我得隨時躲著他那一張開嘴笑，就滿口檳榔牙的姊姊就是了。因為，那不是醉人的紅唇，而是血盆大口。

部隊的駕駛班有位老士官長，我一直不知道他姓啥叫啥，他有個捕捉猴子的不傳獨門絕活，只知道是利用加工過的瀝青，在猴群跳躍的路徑上設陷阱，專門捕捉小猴子。每次只要出手，一定會有斬獲，而且屢試不爽。

當時一隻活的小猴子，如果拿去潮州菜市場叫賣，至少可以賣到一千元，已是我少尉預官薪俸的四分之一。因此，班長每月賣小猴子所得之高，令大夥兒稱羨不已。因此，我們都虧班長有「猴子加給」（其實我們心裏是既羡慕又忌妒得要死）。久而久之，大家士官長也不叫了，反而叫他「猴班長」，叫久了，連他的名字也忘了。

由於我沒有抽菸的習慣，部隊每月配給的兩條菸，我不是帶回家送人，就是送給部隊裡菸癮較重的老士官長，「猴班長」自然也不例外。拿人手短、吃人嘴軟，有了香菸套近乎，幾次下來，他對我當然是另眼相看，算是有了點小交情。

終於，有一天，他神祕兮兮的私下問我何時休假，想不想跟他去抓猴子？我說：「你不怕我把功夫學了，跟你搶抓猴子？」猴班長笑著回答：「滿山的猴子，愛抓抓去，沒人攔你，問題是你得有本事抓。」

我說：「也是啦。」

只是，猴班長那句：「愛抓抓去，沒人攔你，問題是你得有本事抓。」哲理很深，引人深思。

於是，我們約定好日期，只要天公作美，一老、一年輕，抓猴子去。

我們營區雖在一個獨立山頭上，但畢竟是在杳無人煙的深山窮林，周遭森林環繞，濃蔭蔽天，飛禽走獸，隨處可見，其中尤以獼猴居多。因此，只要不是寒冷的秋冬天，季節暴雨或颱風天，每日清晨幾乎都會有大小不等的猴群，從密林深處出現，一路經過部隊後方的樹林枝頭上奔騰而過，不知道牠們打從哪兒來，也不知道牠們要往哪兒去，但是枝頭上百頭攢動、跳上跳下的的場面甚是壯觀。

猴群經過之處，就是猴班長大顯身手的舞台。

猴班長跟我事先約好，穿著藏青色的長袖長褲（我們空軍的冬季制服），褲管塞進長襪裡，腳穿球鞋或野戰鞋均可。出了營門，我順手接過猴班長帶著的一根長竹竿與兩個塑膠袋，跟著他一頭鑽進林子裡。一個塑膠袋裡裝著一大串香蕉、一小袋白米飯與一袋切成長條狀的爆米香，還有一小桶柴油與一罐黑乎乎的瀝青；另一個塑膠袋裡裝著好幾個帶著座子的短竹管，與一些沒有蓋子的長盒子，長盒子的兩端還裝有麻繩，不知做何用途。

深入林子裡不久，猴班長東看看西瞧瞧，選好了兩棵枝椏交錯相連的大樹，準備布置陷阱，他告訴我這幾棵樹的樹梢有很明顯的爪痕，表示是猴群經常出沒的途徑。

誘餌是香蕉與裹著食鹽或糖的米飯，他先將香蕉分類成只有香蕉皮的、大小不一的香蕉肉、帶著香蕉皮的半截香蕉、一兩根完整香蕉與成串的香蕉，要我按他的指示在不同位置拋上樹。再看好幾個特定位置，將短竹管座固定在隱密性高的樹枝間，讓外側較長的管口朝外。原來，短竹管座的上下左右均鑽有孔洞，可視現場狀況穿繩固定於樹枝上。接著把長條爆米香塞入長盒子內，再將長盒子兩端的麻繩，分別綁牢於竹管座內側平管口的兩側，調整好長盒子位置，讓猴子可以從長管口輕而易舉的看見長盒子的爆米香，再在長盒子背面塗上特製瀝青，然後以枝葉隱藏好，最後再在長管口與長管內塞入些米飯，甜或鹹的都可，陷阱即告完成。

猴班長深諳猴子多疑的習性，他先仿造其他猴群覓食過的自然環境，再故佈疑陣，讓即將踏入陷阱的猴群卸下心防，誤以為撿到便宜。

猴班長測了測風向，帶著我逆風躲在離陷阱樹不遠的樹叢裡，再來就是屏氣凝神的靜心等待。

不久，遠處漸漸傳來猴群吵鬧的聲音，吵鬧聲嘎然停止，然後是猴子間零零星星的吱吱聲。我從樹叢中偷偷望去，猴群大約有二十來隻大小猴子，正停在樹梢間，快樂的吃著香蕉，一邊吃一邊又如人類般吱吱喳喳的交談著。過了不久，猴群又傳來陣陣騷動不安的尖銳叫聲，我猜應該是陷阱逮到猴子了，猴班長看著我，淡淡地說了聲：「中了，看看去！」

我們在樹上不太高的位置共設了六個陷阱，只見有隻小猴子前肢套在其中一個陷阱裡，手掌抓著爆米香長盒，手指頭黏死在長盒背面。只見母猴子使勁要將小猴子拉出，幾隻大猴子也在旁邊七手八腳的幫忙拉扯著，同樣也是徒勞無功。母猴子氣極敗壞地捶打小猴子的身體，像是在責怪牠為甚麼這麼不小心，活該中了獵人的圈套。這時，猴班長抄起長竹竿，嘴巴發出如狼嚎般的怪叫聲，一個箭步衝出草叢，對著樹上的猴群一陣驅趕，一時間除了中了陷阱的小猴子之外，其他的猴子自然是驚嚇得往四方逃竄，瞬間不見蹤影。猴班長說：「大猴子脾氣暴躁也不知輕重，如果來不及驅趕，會把小猴子手腳扯斷，小猴子就廢了，有時活活扯死，也是有過。」猴班長爬上樹，從身上拿出帶著長長麻繩的布套子，往小猴子頭上直接套下，再用麻繩將小猴子的另一隻前肢與雙腳綁牢，解下竹管座陷阱，單手將小猴子連著竹管座一起拎下樹。

猴班長小心翼翼的坐下，用大腿將小猴子輕壓在地上固定，然後掰開小猴子黏著瀝青的手指頭，用柴油清洗乾淨，再用麻繩連同其他三肢綁在一起，至此小猴子再掙扎也無力回天。

其實，若不是猴班長心存善念，自己限量，一個月最多捕兩隻小猴子。不然，只要他願意，天天都有辦法捕到小猴子。猴班長沒有家眷，孤身一人賃居在潮州鎮上，他始終認為「猴子加給」是屬於意外之財，理應拿來做善事、或請客、或給室友加菜都好，但絕不可用來發財。

請客吃飯人人喜歡，猴班長在部隊裡的人緣，自然是極好。但是沒有人注意，他每月還將一半的薪餉，捐給了屏東地區的孤兒院。

有時難免會誤黏到不大不小的猴子，應該說中猴子，中猴子力氣自然比小猴子大，強烈掙扎脫困後，中猴子往往會帶著竹管座逃脫，現場常可見帶著毛的皮肉，血肉糢糊的沾在樹枝上。只是猴子受了傷的下場，往往只有死路一條，這種意外，讓猴班長一直很自責，唏噓不已。

跟猴班長一起去抓猴子過後，情緒確實興奮了一陣子，但由於答應過他要保守「如何抓猴子」的祕密，只好先把興奮存在肚子裡，等休假回家後再跟家人分享。只是，當班、休假，當班、休假，沒有刺激，沒有激情，日子平平淡淡的過，規律得讓人懷疑人生何趣。

某日傍晚，開交通車的中士班長小戴（他不要我們叫他班長，要我們叫他小戴，說是《水滸傳》裡面「神行太保」戴宗轉世來的，要不然駕駛班裡每個都叫班長，多沒趣啊）跑來寢室找我，說卡巴路央託他帶話，邀我下回休假時跟他們一起去打獵，這消息讓我喜出望外的當晚睡不著覺。次日一早，我去駕駛班找小戴，也請他轉知卡巴路我休假的日期，如果方便就把日子確定下來。

到了休假是日，我一早搭交通車下山，一個多小時後去到部落的交通車休息站，人都還沒下車，卡巴路已經撲到車邊，迫不及待的催我下車，我沒好氣地用閩南語損了他幾句，調侃他是「猴死小孩」，不然哪會這麼猴急？

「那我也是猴死小孩囉？」旁邊冷冷地冒出一句女生的聲音，沒想到萊伊萊伊也來了。

卡巴路熱情的拉著我半走半跑的直往他家衝，萊伊萊伊又好氣又好笑地跟在後面，一路用族語啐罵著。我心想：「這婆娘長得是不錯，不過個性實在是太悍了，還是少惹為妙。」卡巴路的家就在雜貨店後面一條巷子的巷底，緊挺著山腰，是一棟石板跟木頭混搭而成的房屋，屋前有個小院子，圍牆是用石板堆砌而成的矮牆，院子裡有幾隻雞在裡面閒逛，圍牆外連著一個小平臺也是用石板堆砌而成，上面蹲坐著兩個跟卡巴路一般大的小孩，一個手抱著靠在肩膀上的長番刀，眼睛直定定地瞪著外面，另一個人正在整理長木架上的背包，一副急如星火準備大展身手的模樣。

我對著他們，笑笑地說了句 saabaw（你好），算是打過招呼，他們也友善地回了我句 saabaw，現場氣氛瞬間和緩許多。

萊伊萊伊聽到我開口說她們族語，睜大了眼睛，深深地看了我一眼後說道：「我 ama（爸爸）在前面賣東西，下午才會回來，打獵是你們男人的事，午餐我準備好了，交給卡巴路帶著，你們幾個要出門就快走，不然到了中午山裡就沒東西打。」

「好啦！好啦！妳比 ina（媽媽）還囉嗦。」卡巴路悻悻然的回答。

「大哥，你會不會射箭？我們打獵要射箭。」卡巴路回嗆萊伊萊伊後，轉過頭來對我說。還沒等我回答，卡巴路接著又說：「我們族裡打獵，大人使用火藥槍，我們小孩子只能用弓射。」

其實，我當時心裡是挺失望的，本以為這趟來，有機會玩到他們自製的火藥槍，哪知道只是卡巴路找我去打獵，大人根本就沒參加，當然就無緣用到他們的火藥槍。但轉個念想想，政府已經明令禁獵很久了，能跟卡巴路去打獵已是難能可貴的機會。再說，彎弓射箭有何難，我高中時參加救國團活動，曾上過射箭課，幾堂課下來，射箭成績還不錯，射箭教官直誇我有射箭的天分，還鼓勵我去參加射箭隊。回家後，我持續去射箭場練習了好一陣子，後來實在因為費用太貴，負荷不了而作罷。不過，我卻還牢牢記得，當時教官教我們的那一句簡單易懂的射箭口訣「伸直手，拉滿弓，盯緊靶，輕放弦」，有如武功心法的十二字箴言，至今難忘。於是，我略帶心虛的回答：「應該算會射箭吧，只是很久沒射了。」

午餐是一人一包，用月桃葉包裹，外圈又以草繩綁成四方形的便當，裡面有蒸好的番薯、玉蜀黍各一條，再加兩顆小山芋還有一小搓鹽，四包全遞給了卡巴路。

等著好裝，拿好器具，我看著他們三個，再看看我自己，心想：「我們還真像支有模有樣的狩獵隊，欠缺的只是殺氣而已。」我們每個人，背上揹著網袋、左肩跨著長弓、右肩揹著箭袋、腰上還掛把番刀，說多威風就有多威風。

只不過，他們三人腳上穿的是長筒雨鞋，我穿的卻是野戰皮鞋。除此之外，他們手上還各握著一支長矛，而卡巴路又多綁了一把鐮刀架在後腰上，臨走還特地把他們家的看門狗也給帶上，說是他的專屬獵狗。依稀還記得，那是隻毛色白中帶黑的公狗，只是已經忘記牠叫甚麼名字，姑且叫牠小花好了。

我們一行人，一個大人、三個小孩，外加一條狗，由卡巴路帶隊，浩浩蕩蕩地走向密林深處。原始森林裡枯葉滿地、雜草處處，非常不好走。卡巴路突然轉過身把長矛交給我，然後大力地揮舞番刀，排開及肩的芒草，大馬金刀的在樹叢中鑽進鑽出，帶著我們朝著他心中的獵場邁進。他豪氣地對著大武山的方向大聲吼叫：「ina 保佑我，今天打獵，打猴子。」

聽罷，我不解地問道：「卡巴路，你 ina 不是在山下做工，沒回來嗎？怎要她保佑，不要亂說話。

「不是這樣，Tagarawsu（大武山）是我們所有魯凱族的 ina，現在也是你的 ina。」

「是哦？」我不禁抬頭看著大武山，敬畏之心油然而起。

我們跟在卡巴路後面，穿梭在密林裡，一路走來山勢起伏不大，只感覺像從這座山繞到了另一座更深、更原始的山。茂密的森林裡濃蔭蔽日，高高低低、大大小小的樹叢肆無忌憚的胡亂長著，藤蔓更是恣意地攀爬在每一個角落。加上，滿布枯枝、枯葉的地面上，縱橫交錯的獸徑、獵徑隨處可見，整個森林有如一張張等待著獵物的大型蜘蛛網。但不曉得，等待中的獵物，到底是人，還是動物。

走在林中，常常顧了腳下就顧不了頭上，陽光要左閃右閃才能從重重的葉縫中穿出，飛揚在空氣中的塵埃和枯木的碎屑，映著陽光，閃爍出一種神祕的氣氛。雖然談不上恐怖，只是，時不時有蛇、蜥蜴，甚至大隻的野鼠從跟前竄過，總難免會引來一陣騷動，更增添了大家緊張的氣息。

為了怕驚擾動物，一路上我們沒敢出聲，只是悶著頭默默地走著，只差沒像做賊般的躡手躡腳罷了。我們不像狩獵隊，倒像支準備要奇襲敵營的突擊隊。就這樣走了大約兩個小時，卡巴路突然蹲了下來，並比了個噤聲的手勢，壓低聲音對著我們說道：「就是這裡啦！這個區域有很大片榕樹、鹿仔樹，還有月桃樹，會有很多猴子。」

「不過，我們得先去擺誘餌，等等再來打猴子。」卡巴路接著又說。

原來，他們事先已經埋設好準備抓野豬的陷阱，只是還沒啟用，所以先不用放置餌料。

卡巴路興沖沖的拉著我，按著他們預留在路邊的記號，找到了埋設陷阱的地方。

我發現他們這幾個小鬼很聰明，懂得因地制宜。他們在野豬常出沒的區域，順著斜坡，挖了個四尺深的土坑，坑底挖成上窄下寬的口袋型，坑口擺上枯樹枝，再鋪上芭蕉葉當虛蓋。

卡巴路告訴我，等誘捕行動開始，他們才會放置誘餌。他們會先在芭蕉葉的中間擺上幾條番薯，然後以土坑為中心，向東南西北四個方向延伸大約三十公尺，一路上再撒些帶殼花生當誘餌。

我說：「你們真是了不起，而且還下足本錢欸！真讓我大開眼界。還好番薯、花生都是自家種的。不然，誰花得起。」

談話間，他們已經從長木架背包裡，掏出一大堆帶著葉子的落花生與幾條番薯，三兩下就放置好誘餌。

「走，打猴子去！」

卡巴路拉著我邊走邊說：「猴子平常是群體出來覓食，森林裡多的是牠們的食物，毛毛蟲、昆蟲、青蛙、蜥蜴、嫩葉、嫩莖、鮮花、鳥蛋、果實，有時候還會吃土，幾乎是看見甚麼吃甚麼。猴子尤其愛吃花，愛吃果實，因此開花結果的季節，猴子最多，也是打猴子的最好季節。」

「哇！你懂得還真多欸！都可以當老師了。」我由衷的讚美卡巴路，也想起以前跟隨「猴班長」去捕捉小猴子的情景，猴班長說不定也是非常瞭解猴子的習性，才會那麼厲害。

我們蹲低著身子，慢慢靠近榕樹林，樹林裡已經有一大群猴子慵懶地分散在各枝頭，有低頭覓食的、有拿著整串月桃果正在大快朵頤的、有虎視眈眈地在旁邊隨時準備要強奪的、有坐在粗樹枝上閉目養神的、有母猴抱著小猴坐在枝椏處曬太陽，順便幫小猴子理毛、也有在樹頭上跳來跳去嬉戲打鬧的大猴子。那個場景，有如電影西遊記裡拍攝的花果山。

話雖如此，我還是沒忘記，我們是來打獵，不是來馬戲團看猴戲。

這時，卡巴路三人貓著身子過來，示意我準備好隨時都可射箭，但要小心不要被猴子發現，否則牠們就跑光了。我躲的位置很隱密，而且還在下風處，根本不可能被猴子發現。但真實的情況是，就算我躲得再隱密，等我站起身、拉開弓、準備瞄準，立刻就被猴子發現。霎時間，跟我照到面的那幾猴子，毫不賞臉的又叫又跳的向四方亂竄，一溜煙跑得不見猴影。

反觀卡巴路三人，瞄都沒瞄，拉開弓就射，那隻坐在粗樹枝上閉目養神的猴子瞬間中箭，睜開雙眼，像人一般瞪大著眼睛，一副難以置信的神情，雙手捂著中箭處從枝頭墜下，直接掉入樹叢裡。其他兩隻低頭覓食的猴子，也同時中箭掉下，一隻腹部中箭，摔落在地上打滾掙扎，看樣子是活不成了；另一隻較小的猴子，脖子中箭，當場死亡。樹上的其他猴子，像被狂風掃過似的，瞬間逃得無影無蹤。卡巴路摟著小花，拍了拍牠的脖子，往猴子墜落的方向一指，小花立即按著主人指令衝去。不一會兒功夫，就看見小花用口啣著猴子的下肢，倒退著步伐，把中了箭的猴子從密林中拖出。

卡巴路拍了拍小花的脖子，順手塞了塊野豬肉乾到牠嘴裡，算是獎勵。

「大哥，別難過，我們過兩天再來打猴子。」卡巴路怕我沒射到猴子難過，好心的安慰我，還要我對著腹部中箭，仍在地上痛苦打滾的猴子補上一箭，算是心理補償吧。

「拜託！我又不是娘們，哪那麼脆弱。」在我搖頭拒絕卡巴路的同時，我拔出番刀，用刀板用力一拍，直接拍昏腹部中箭的猴子。

然後，我又笑笑地說道：「猴子在地上打滾，再射牠一箭，不夠男子漢，不算勇士。」

收拾好三隻猴子，我們尋路折回埋設抓野豬陷阱的地方。

我跟卡巴路的兩個同伴，一人各揹一隻猴子，卡巴路將我們三人的弓，還有箭袋，全揹到他一個人身上，雙手還抓著三支長矛。卡巴路開心的說：「今天大豐收，有沒抓到野豬沒關係。」因此，我們四個人在獵徑上有說有笑地走著，哪管什麼驚擾不驚擾動物。

哪知，走著，走著，老遠就聽到陣陣野豬尖銳咆哮的聲音從前方傳來。

卡巴路面露喜色地說道：「抓到了！抓到了！」

當時，如果不是大夥兒身上揹著的猴子有點重量，我們一定會立刻衝過去一探究竟。等我們走到陷阱處一看，土坑裡逮到了一隻長著大獠牙的大野豬，正憤怒地用頭衝撞著土坑邊，試圖爬出土坑。

大野豬持續不斷的用頭衝撞著土坑，土坑上的土持續崩落，不斷的灑落在野豬身上。卡巴路跟他兩個同伴手持著長矛，神情專注的在土坑邊戒護著，深怕大野豬衝出土坑；小花也煞有其事地繞著土坑，對著大野豬狂吠。其實，大野豬夠聰明的話，牠大可以把撞下來的土石，用鼻子拱成坡道，瞬間就可以衝出土坑脫困。幸好，大野豬沒那麼聰明。

過不久，大野豬果然安靜下來，只見牠氣喘吁吁的怒視著土坑上的眾人，嘴巴還不停發出呼嚕嚕的低吼聲。這時，卡巴路不動聲色的拉開弓，快速地對著大野豬射了一箭，箭從耳朵直接貫穿頭部，大野豬長吼一聲後慢慢倒下，身體不斷抽搐，另一人舉起長矛，對準胸腔部位狠狠刺入，大野豬爆發出淒厲的嘶叫聲後抽搐嘎然停止，立即斃命。此時，卡巴路三人，才如釋重負般地發聲狂吼。我則像傻鳥般的呆立一旁，算是開了眼界。

後來，我才知道卡巴路他們誘捕野豬是有一套制式的方法，當然是部落裡的大人教的。不過，能不能因地制宜與臨機應變，就要看個人領悟，抓得到獵物才是真本事。卡巴路顯然是學到了功夫，青出於藍勝於藍不說，還多了巧思。譬如，深土坑挖成上窄下寬的口袋型淺土坑，節省人力與時間；放置誘餌從單向改成四個方向，可見其人小鬼大、聰明伶俐的一面。

卡巴路又跟我說：「野豬跌入陷阱後，通常會在坑裡衝撞許久直至筋疲力竭。等野豬略為安靜下來後，伺機對準其耳朵孔或眼睛再射上一箭，可貫穿腦部使其癱瘓，然後再用長矛直刺心臟，做致命一擊。等確定斃命後，我們才跳入坑內，用麻繩繞過野豬腹部綁牢前肢，抬起豬身固定在木架上，再拖出土坑。」

至於，他們仨攜帶的自製長矛，看起來好像很威猛，到底是甚麼天兵神器呢？其實，他們只是把一支長木頭，從頂端中間略為剖開，插入小把番刀的刀柄，鎖死刀柄，再以細藤條用力紮緊即成。倒是卡巴路的長矛比較特別，它是由一枝廢棄的標槍改造而成，槍頭除了磨尖，還多磨出四條對稱的血槽，木頭槍身則刻著百合花，說是魯凱族的圖騰。

打完獵，我們一行人心情愉悅地走向歸途，小花跑在前面，三個小孩走中間，大人殿後，外加三隻猴子，一頭大野豬。其中，牢牢綁在木架上的大野豬最重，當然是由我揹；三隻猴子，他們仨一人揹一隻，誰也不吃虧。

回到部落，卡巴路不走他家旁邊，那條我們原先走來的小路回家，偏偏要從村門口大搖大擺的進去，還好天色已黑，路上沒幾個人。哪知，村子小，那些個大驚小怪的驚呼聲，立馬傳遍大街小巷。不一會兒工夫，全村子的人都知道我們短短一個下午的打獵成績，三隻大猴子、一頭大野豬，大大的豐收。我們瞬間成了部落的英雄，街坊鄰居的小孩，更是像追星般的簇擁著卡巴路三人。

「Ama，我回來了。」卡巴路到了家門口，驕傲地對著裡面大吼了一聲。

「回來就回來，叫那麼大聲幹嘛！」萊伊萊伊打開門，隨口回罵了卡巴路一句。哪知門口早已擠滿了跑來湊熱鬧的鄰居，不禁嚇了一跳！

不久，卡巴路的 ama 在前院生起了兩堆柴火，邀請所有想來同樂的村民，共同慶賀他兒子跟兒子朋友的狩獵收穫。當下門前門後聚集的群眾立刻響起一陣歡呼，隨即如鳥獸散般的各自回家張羅吃食，並準備帶著一家大小同來共襄盛舉。院子裡，熊熊火光閃爍著眾人興奮的表情，大門邊堆著族人帶來的伴手禮，有帶芋頭的、有帶番薯的、有帶玉蜀黍的、有帶整把香蕉的、有帶鹿肉乾來的、有抓了幾隻活雞來的、……，還有帶吉他來的、帶自釀小米酒的。

另外，幾個來幫忙的族人，手腳俐落的先用大火烤去猴子和野豬毛髮，再開腸破肚拿出內臟，說要去獻給族裡的長老。人多好辦事，三兩下子就把三隻大猴子和那頭大野豬處理好了。

等撐成「大」字型的猴子與野豬被架上烤架，現場立刻響起一陣歡呼。喝酒的、唱歌的、跳舞的、彈吉他的、手拿著烤玉蜀黍的、莫名其妙搖頭晃腦的⋯⋯。總之，整個村子的人幾乎都來了，打獵來的三隻猴子，一隻大野豬當然不夠吃。卡巴路 ama 高興之下，又多殺了家裡養的一頭羊和一頭大肥豬。豐盛的食物，有歌有舞，又有無限暢飲的小米酒，大家吃得是杯盤狼藉，醉倒一地，大地是我床，四海是我家。

我在山產店吃過野豬肉，皮厚肉柴，腥羶味又重，實在不好吃。不過，今晚的烤野豬肉，外皮香脆、肥瘦均勻、肉質結實、彈牙、有嚼勁兒，真是好吃。猴肉，聽說是肉中極品，簡單料理一下，就會讓吃過的人永生難忘。因此，能吃到烤猴肉，豈不是件既幸福又奢侈的事，我抓著一坨前肢肌肉，吃得滿嘴。那味道⋯⋯嘖！嘖！嘖！果真是名不虛傳，確實比土雞肉還要甜嫩，味美好吃到令人吮指難忘。若非，猴少人多，真想去搶他一支大腿來吃個過癮。

卡巴路的 ama 很感謝我陪他兒子去打猴子，還說我是他們家的福星，才能打這麼多獵物回來，讓我非常不好意思。閒聊之下，才知道他們是屬於西魯凱族，族花是「百合花」，狩獵是成年男人的工作，男孩子要獵滿六頭長有獠牙的公山豬才算是成年人，才有資格配戴象徵獵人勇士榮譽的百合花頭飾。難怪，卡巴路會在他的標槍長矛，刻上百合花。

為此，卡巴路的ama把三顆猴頭、一顆大野豬頭，外加一顆山羊和一顆肥豬頭，分成上下兩列的擺在圍牆邊的石板平臺上，像是向族人宣示我家兒子長大了，「獵人勇士」當之無愧。

卡巴路領了一群半大不大的小孩，跑來找我去火堆旁邊唱歌，萊伊萊伊已經坐在那兒，原來是她叫卡巴路找我過來。我對萊伊萊伊笑了笑說：「山地歌曲我只會唱〈高山青〉與〈涼山情歌〉。〈高山青〉是我故鄉嘉義鄒族的歌曲，唱它豈不是來踢館，我唱〈涼山情歌〉好了。」可是，一開口唱，我就知道完了，選錯歌了。唱完第一段，萊伊萊伊接唱重複的第一段，然後跟著我繼續往下唱。選歌無心，但我心裡有鬼，只好硬著頭皮，裝著一副若無其事的樣子，跟著她把歌唱完。

只是，唱著唱著，我的鼻頭一陣酸楚，眼睛也跟著迷離起來。我心裡唱著：「……萊伊萊伊真漂亮，但我們不合適，我也不會留下來。離別後，我雖然會難過，眼淚會掉下來，但我不會再回到妳身邊……。」

自從和妳認識了以來，好像妳在我的身邊，永遠永遠不分離。青青的高山，茫茫的大海，愛妳，像大海那樣深。等妳，要離別的那一天，少了妳在我身邊。遙遠的故鄉，高高的月亮，請妳抬起頭來，看看那一個星月光。走了一步，眼淚掉下來，再會吧，我的心上人。心上人，我難忘的心上人，離開了妳，心裡是非常的難過呀，心上人。不知道甚麼時候，才能夠回到我的身邊，屏東縣是懷念的故鄉，屏東縣春日鄉的小姐呀，真漂亮！不知道甚麼時候，才能夠回到我的身邊。（〈涼山情歌〉）

那一晚，氣氛熱烈，不知哪兒來的勇士魂上身，我明知道小米酒溫潤香甜可口，但是後勁很強，自己酒量很差，不能喝。可是，實在拗不過眾人勸酒，幾杯小米酒下肚，我知道完了，一定會喝醉。只是，後來怎麼會跟萊伊萊伊去散步，說了甚麼話，又怎麼跟卡巴路睡一間，完全不知。

次日早上醒來，我發現已經離交通車靠站的時間很近，再不走又得多拖一天。主廳的飯桌上有炒蔥蛋、鹹魚，還有幾個蒸芋頭，不知道是誰準備的。我快速的吃完早餐，收拾好行李準備向卡巴路告別，這才發現卡巴路家裡怎麼沒人？心裡正納悶時，卡巴路匆匆的從門外快步進來，見了我劈頭就問：「大哥，甚麼是『我喜歡妳，但是不能喜歡妳。』你為甚麼跟萊伊萊伊說這樣的話？那是甚麼意思？」

聞言，我大吃一驚，期期艾艾的回道：「我甚麼時候說的，昨天晚上嗎？我忘記我說甚麼來著，那應該是喝醉酒後胡亂說的話，真是抱歉。」

「可是，我ama喝醉酒後，常常亂說話。我ina卻說男人酒後吐真言，酒後說的才是真話。所以你說的一定是真話，你不喜歡萊伊萊伊嗎？」卡巴路一副壓根兒不相信的表情。

「萊伊萊伊才十八歲，還小，應該去多讀點書。我太老了，不合適。」我說了一個連我自己都不相信的理由，然後，落荒而逃。

返回部隊後，日出日落，值班休班，日子得過。花開花落，雲捲雲舒；自拉自唱，故作開懷。

休假、收假上下山，路過部落時，卡巴路只要見到我，還是一如既往，抓著我問東問西。只是，他再也沒邀我一起去打獵，也絕口不再提萊伊萊伊。

三個月後，我外調其他單位，離開了大漢山。

離職那天，下山的交通車照舊在他們部落停留，不巧卡巴路不在部落。我只好向卡巴路的ama要了他們家地址，承諾會寫信給他。誰知去到了新單位後，業務異常忙碌，根本無暇顧及其他。等安頓下來，才想到該給卡巴路寫信，但提起筆來，卻不知寫些甚麼的好。

失聯至今幾十年，每每想起來，令人扼腕再三。

醒時同交歡，醉後各分散。永結無情遊，相期邈雲漢。唉！

高山上的冬天異常寒冷，某日半夜時分，我已經鑽在被窩裡睡下好一陣子。半睡半夢之間，耳際突然傳來動物奔跑、有人追趕、東西撞倒、門開與門關的各種吵雜聲，心想：「乖乖！今天的夢境也太真實了吧？聲響如此傳神。」等回過神來，發現根本不是夢境，吵雜聲是從室外傳來。

打開房門探去，寢室外面走道的另一頭，有幾個別寢室的人正在追趕一隻不知名的動物，追逐奔跑、撞倒滅火器，一路鬧出來的動靜。更多寢室的人醒來，加入圍捕的行列，靠近一看，原來大夥兒追的是一隻猴子，那猴子個頭不小，看樣子是一隻成年的獼猴。

最近，聽廚房班長說過，這陣子常有猴子潛入廚房，把廚房翻得亂七八糟。這隻大猴子，應該是想來偷東西吃，誤闖了宿舍大樓，在二樓寢室外的走道上閒逛，被人發現後無處可逃，沒命的在走道上逃竄。因此，人抓猴、猴逃命，人、猴在走道上來回奔跑，吵雜聲在夜深人靜時特別明顯，不把寢室的人吵醒才怪。

漸漸的，走道兩端幾乎都站了人，前後包夾之下，大猴子已被逼到走道中間無路可逃。只是，大夥兒跟我一樣，都是因為聽到寢室外的吵雜聲，匆忙之間開房門探探究竟而已，壓根兒也沒想到要拿傢伙。看到大猴子如此凶惡，頂多捲直了外套當武器，我們人多勢眾，還怕你一隻潑猴啊！被圍捕的大猴子絲毫不怕人，齜牙咧嘴的撲向任何一個想靠近的人，一副凶狠狠的模樣，一時之間，人猴對峙，氣氛緊張。看樣子，我們人雖多，卻拿這潑猴半點皮條也沒，大夥兒一籌莫展地我看你、你看我，不知怎麼辦才好的僵在現場。這時突然有間寢室門瞬間打開，寢室內的人拿著提水用的大塑膠桶由內衝出，從大猴子背後，對著頭部直接扣下，另一人操起了一具翻倒在地上的滅火器，從上對著水桶底部狠狠敲下，兩個人動作一氣呵成，像演武打片事先套好招似的。

「空」的一聲，大猴子應聲而倒，鮮血順著水桶慢慢流出，吵雜的場面瞬間鴉雀無聲。這時，廚房班長講話了：「各位長官，夜深了，大家該休息了，這隻猴子我處裡。」猴子的下場，廚房班長連夜煮了一大鍋紅燒猴肉，第二天中餐每桌加菜。猴頭，四隻腳掌，猴子內臟在廚房前面草地挖坑埋了。殺猴警猴，從此再也沒聽過廚房有猴子潛入偷吃東西的情事發生。

某日黃昏，天色尚早，我跟另一位姓葉的士官下了班，一起走回宿舍，準備吃晚飯。我們辦公的地方離宿舍有個百來公尺遠，說遠不遠說近不近，一路秋風送爽，渾身有著說不出的舒暢。走到宿舍大樓，只見連著餐聽外的斜坡邊聚集了一大群人，對著坡坎的方向比手畫腳，人來人往好不熱鬧，準保又是甚麼新鮮好玩的事發生。軍中生活無聊，無聊當有趣，小事做大，大事再化小。反正，閒著也是閒著。好奇心使然，我也一頭鑽進人群，一探究竟。

原來，有人看見一條臭青母蛇追捕老鼠時，鑽進了坡坎的塑膠洩水孔，由於身體太粗，反而卡在塑膠管裡動彈不得。臭青母蛇身大約有手腕粗，算是一條大蛇，只見露在洩水孔外的蛇身不停地扭動著，正陷入進退兩難的尷尬情況。按理，蛇既然鑽得進去，應該也出得來才是，會卡在管子裡實在沒道理。當下，有一兩位膽子較大的士官抓著蛇身，試著想將牠拉出。但是，蛇可能自覺有生命危險反而豎起鱗片抵抗，逆起的鱗片讓蛇身卡得更緊。兩位士官放低馬步，緊握蛇身，正準備加大力道。這時，本來站在旁邊一起看熱鬧的醫官突然大聲說道：「停止，不要再拉了！再拉，蛇就拉斷了。我去拿麻醉藥，打麻藥試試。」

不一會兒，醫官拿來一管麻醉針，要士官壓緊蛇身，然後用尖嘴夾掀起靠近蛇頭前端部位的鱗片，再將麻醉針刺進身體，一邊慢慢推入藥劑，還一邊幫蛇按摩以加速藥效。等麻藥發作，蛇安靜下來不再扭動，醫官小心翼翼地將蛇從管內慢慢地拉出。這時，才發現蛇嘴喉部因為吞進了老鼠身子，蛇頭部位變大卡在管子裡。換句話說，如果牠願意吐出老鼠，就不會卡死在管子內。真是：「鳥為食亡，蛇為鼠死。」

經過丈量，臭青母蛇足足有兩米長。

不曉得是因為窒息，還是因為注射麻醉劑而死，蛇死不能復生，既然落入人類的手裡，當然要物盡其用，不能暴殄天物，牠的下場自然是燉湯進補。只不過，蛇雖大，但人更多，一大鍋蛇羹湯，見者有份，每個人雖只能分到小半碗，卻讓大家足足開心了好幾日。

我當兵時碰過的好玩有趣的事情不少，但是否真有趣？就見仁見智了。畢竟，百聞不如一見，百見又不如一試。只不過，如今時空條件已大異於往昔，想試也難，想試也難哦！

退伍幾十年，每每憶及當年當兵的種種，仍不禁令人莞爾再三。有時興來說給妻女們聽，她們總會半信半疑地問道：「不就當個兵嘛！哪來那麼多奇奇怪怪的事。」

我說：「這或許跟我服役的單位『戰管聯隊』有關，戰管聯隊轄下的部隊，大都分布在高山、海濱或離島，而且幾乎都是窮鄉僻壤的地區。」

有人、有山、有海的地方，一定有故事。

輯二

小說

靈與肉

「兵仔」坐在床頭，對著床上的那一團肉，總感覺像吃了一嘴子油，心裡有著說不出的厭惡感，今天尤其強烈，真他媽的想拍拍屁股走人。

可是，不行啊！錢還沒拿到手。

躺在床上的女人名字叫廖秋紅，大家都尊稱她「紅姐」，是兵仔的主要客人之一，固定找他已有半年之久，當然客人說固定也不代表真的固定，聽聽就好，不必太較真。不過，聽罷，當然要對客人表現出一副感恩戴德的樣子，扮貼心、討女人歡心是他們這個行業的第一要務。

紅姐是同事介紹認識的客人，其實說「介紹」太正式了，一般狀況也就是約個時間地點碰面走過場。然後，心照不宣的各走各的路、各幹各的事。只不過，兵仔初次見面時，稱讚紅姐美得像義大利豔星「蘇菲亞羅蘭（Sophia Loren）」，而且還福至心靈地隨口說道：「『蘇菲亞』這個英文名字源自希臘，是希臘女神的名字，有智慧與聰明的意涵。」短短幾句話，言淺意深，讓紅姐為之眼睛一亮也撩得紅姐心花怒放。打見面之後，眼神就再也沒離開過兵仔。

其實，兵仔壓根兒沒有半點兒奉承的意思，他也不認為有跟紅姐商量的必要。不過，歪打正著，兵仔這個神來一筆的小霸道，紅姐倒是很受用。因為，別人都是畢恭畢敬的尊稱她紅姐，只有兵仔這個楞頭青，不知死活地叫她蘇菲亞，這個稱呼很新鮮、很誘惑，自然而然就成了他們倆，一對不像情人的情人間的小祕密。

紅姐，四十來歲人，是一家建設公司的董事長兼總經理，公司經營得很好，聽說很賺錢，婚姻狀況不明。燙著一頭大波浪的捲髮，稱著一張鵝蛋臉。大大的眼睛，細細長長的眉，大大的嘴巴有著性感的厚嘴唇，再加上一個高挺的鼻子。個子不高，身材超級豐滿（客氣的說），胸部大、屁股大，而且長了個迷死人不償命的蜜蜂腰。因此，不管是臉蛋還是體態，分開來看都很美，就像小一號的義大利豔星蘇菲亞羅蘭。問題是，這些個「大」，兜在一起，卻有一點走位，不能說醜，但絕對談不上美。簡單的說，它就是一個怪。

紅姐個性火辣，說話生葷不忌，從不避諱找小男人、小鮮肉解決生理需求，那怕是網交的、酒吧釣的，甚至花錢買的，只要看順眼，味道對了，在乎的就是當下的感覺。不過，她絕不會帶男人回家，一切事情外面（賓館、酒店、招待所）搞定。

今天跟往常不太一樣。紅姐一來，十萬火急的洗好澡，往床上一躺，嗲聲嗲氣地叫兵仔從頭到腳親她全身，而且還要他用力的親，像拔罐一樣，得親出紅印痕才行。

兵仔趴在紅姐身上遊走，舉直脖子硬撐著頭，一輪親下來，哪知親比做累，脖子酸麻得都快抽筋，嘴唇也早麻木得毫無知覺。噘著嘴巴一口、一口的親，活像個趴在油缸上吸油的老鼠。想想，自己都覺得噁心，一陣沒來由的窒息感，逼得他不得不鬆開嘴。於是，猛然坐了起來，腦子一下子空了，那種突如其來徬徨、失落、鬱悶的感覺油然而生。坐在床頭，人像斷線般，直直地盯著紅姐發呆。

這女人像豺狼虎豹，每次見面，一次不夠，非得搞兩次才滿足得了。滿身肥肉，奶大得像臉盆，喜歡趴在他身上用她的巨乳，像奶媽餵奶似的，非要把奶頭塞得他滿嘴，然後逼他吸、逼他咬，逼到他喘不過氣來都還不罷休。因為，她喜歡看他漲紅了臉，一副快要窒息而死的模樣。想想，嘴巴塞死了還有鼻子可以呼吸，他怎麼可能會窒息而死。不過，既然客人喜歡這個調調，兵仔只好配合著演了。嘿！演著演著，她還真上了癮頭，每次都非得來這麼一齣才爽。

但，最讓兵仔受不了的是每次辦事時，紅姐的司機兼保鑣「阿強」一定在門外頭守著，除了當門神，當然也有把風示警的作用。只是，真不知阿強的心臟是啥做的？主子在房間裡搞得欲仙欲死，他老兄在外面還能穩如泰山的不為所動，若不是個太監，一定就是個 Gay。不過，

哥倫比亞畫家 Fernando Botero 作品，作者攝於臺北市復興南路 BELLINI CAFFE。

彆扭歸彆扭，轉個念想想，這樣也有個好處，有保鑣在外頭守著，對方絕不敢欺侮她一個女子，更玩不了什麼花樣，兵仔只能自我解嘲地這樣想了。

紅姐還有個癖好，做的時候一定要在上面，動作狂野大膽，就像只差沒把對方吃下肚的母螳螂。如果對方不行、感覺不對，立刻一腳踹下床，付錢叫他走人，當天就再也沒興致。當然如果順利的話，前金後謝，打賞絕不手軟。只不過，辦完事，銀貨兩訖，一拍兩散，毫不眷戀。一副享受當下的輕鬆態度，主動得讓人搞不清楚到底是誰玩誰？

今天，真是奇了、怪了！不曉得紅姐演的是哪齣？一上床，立馬躺得像條死豬，一副悉聽尊便、任你宰割的模樣。叫她側身就側身，叫她趴著就趴著，不在上面也不動，乖巧的像一隻小白兔。不曉得是親太爽，還是太累，一輪親下來，她早睡得稀哩呼嚕，魂都不曉得飛到哪一重天去了。不過，兵仔實在親得太累了，伴遊成了按摩的不說，而且，還得用嘴拔罐，嘔得心裡難過得要死，也積了一肚子大便更是無從發洩。

「兵仔，不夠用力，不要親了，用咬的！」紅姐趴在床上，眼波迷離的嬌嗔著。

他只好躺回床上，撫摸著那女人的背，好聲好氣地說道：「蘇菲亞，看來妳今天很累哦，像坨爛泥似的。親這麼久，我親累了，不要說用咬的，我連張嘴都困難。時間很晚了欸，明兒個一早我還得上班呢，我要先走了。妳如果還是累，今晚就一個人睡這兒，不用走了。」

「不行！我今天去工地，爬上爬下，一整天下來腰酸背痛不說。業主還難搞的要死，嘰嘰歪歪地到處不滿意。姐姐我今天心情壞透了，你得負責搞定我。」

「好吧！只是，搞定妳是什麼意思？」

「廢話！難道是我搞定你啊！」

「咬啊！用力咬！」紅姐一個翻身，整個人直接趴在兵仔身上，然後又把她的大奶頭死命的塞進他的嘴。

兵仔剛剛才在紅姐身上用力的親了一輪，就算紅姐是洗好澡，一身香噴噴的上床，一場混戰下來，現在哪有甚麼女人的體香？全身上下都是濃濃的汗臭味、口水臭味、發酵的香水味加上發餿的胭脂味。那味道綜合起來，說誇張一點，還真像是腐爛的乳酪味兒，兵仔不由得一陣做嘔，直接就把紅姐的奶頭給吐了出來。

「你要死啦！我奶頭得罪你啦？給我含著，繼續咬。你如果不含不咬，今天就不給錢。乖啦！聽姐姐話！我開心了，今天加倍錢給你。」

「唉……！」兵仔嘆了口氣，輕輕推開壓在身上的紅姐，用手一撐，順勢坐了起來。

房間裡燈色昏暗，床上那一大團肉依然不依不饒地扭動著，身上冒著亢奮的汗水，汗水反射著燈光，如一頭身上閃爍著條條汗痕的小馬來貘，甚是怪異。

兵仔如老僧入定般，無言地坐在床頭，內心裡翻江倒海地幹譙得要死，罵自己真是犯賤！應了，作賤自己；不應，跟錢過不去。

偏偏所有的客人裡，她錢給得最多；有時，還真是莫名其妙的多。

兵仔舉起手搧了搧自己，轉過頭，啐罵了一句：「蘇菲亞，妳死定了！」然後，閉上眼直接撲到紅姐身上，就像聶小倩別了寧采臣，義無反顧地撲向了豬八戒，只有萬般無奈，沒有半點兒柔情。耳邊《倩女幽魂》主題曲的旋律響起：「人生，夢如路長……找癡癡夢幻的心愛，路隨人茫茫。……夢裡依稀，依稀有淚光；何從何去，覓我心中方向；風幽幽在夢中輕嘆，路和人茫茫。……一絲絲像夢的風雨，路隨人茫茫。」閉上眼，踏破紅塵，下面是無底深淵，沒有退路，只有萬般無奈，……，只有萬般無奈。

兵仔的本名叫林思賢，正職是職業軍人，由於在後勤單位上班，週休二日還可以外宿，每天騎摩托車上下班。長得溫文儒雅，為人客氣大方，在單位裡人緣頗佳，工作表現也很好，而且喜歡運動，練得一身黝黑健碩的體態，又是個開朗的陽光男孩。按理，同事喜歡，長官喜歡，在軍中發展有著大好前途。只可惜他無心軍旅，一心一意想等著服役屆滿退伍。因為，要寄錢回家貼補家用，要交女朋友，要交際應酬，要存錢買房子。但軍人所得有限，實在沒有辦法負擔那麼多的開銷。因緣際會之下，經朋友介紹，晚上在色情酒店打工當接待的工作。因為是當兵的職業軍人，店裡的人叫他「做兵ㄟ」、「阿兵哥」、「胭投仔兵」，大家胡亂叫著，久而久之也不知怎麼搞的就叫成了「兵仔」。

酒店裡的小姐，賺的是服侍男人的皮肉錢，心理基本上或多或少會有些病態。下了班，揪三、五個姐妹，一起去有男公關服務的酒吧（以前稱牛郎店）發洩，發洩也是常有的事。她們知道兵仔一心想多賺點錢，在一個偶然的機會，拉著他一起去一家她們熟識的酒吧消費，結果莫名其妙的入了行，做起兼差的「伴遊」（在店裡叫公關，出了店叫伴遊）。其實，除了沒有固定駐店，工作性質跟牛郎沒兩樣，差別只是兵仔自己心裡的罣礙，遲遲克服不了。因為，為了多賺點錢，在酒店打工已經是違法亂紀，現在還要兼做伴遊，靠原始本錢賺錢，怎麼樣也說不過去。由於是莫名其妙入的行，伴遊工作對他而言，成了可有可無的雞肋。因此，他寧願閒著，也從來不會主動去拉客人。

兵仔一向很有女人緣，客人不多，但常常一接就固定住了。問題是，就因為客人喜歡他，反而霸著不放，根本不可能指望她們會介紹其他朋友。不過，反正是兼差嘛，有也好，沒有，也無所謂。他這種煙不出、火不進的冷漠態度，加上不忮不求的屌樣兒，十足貴公子的高冷姿態，讓他更具魅力，更是讓見過他的女人癡迷。無心插柳柳成蔭，歪打正著之下，伴遊的生意反而好到不行。

按理，有錢賺，兵仔應該會很開心才是，但他卻是有苦難言。再怎麼說，他還在部隊服役，除了週末休假，其他時間都得上班，每日朝八晚五，馬虎不得。一個星期七天，四五六日的晚上七點到凌晨一點去酒店打工，再留兩個晚上或是週末跟女朋友約會，其他能兼做伴遊的時間非常有限。嚴格來說，就只有兩個白天，三個晚上。他本來想，時間就那麼多，變也變不出來，伴遊的生意本來就是可有可無，根本就無所謂。哪知，客人會多到應接不暇，甚至要波及酒店打工的時間，讓他始料未及。

病態的女人，想法總是異於常人，無論是何種原因造成，左右是不得已、不如意、不甘願，再加上心中有恨，難免心生怨恨想報復。但如果有個小白臉、小鮮肉也可以讓她蹂躪，自虐與虐人當然都是種快感。

風月場所的女人，為了錢，生張熟魏。同樣的執念，她也可以花錢，買她認為的「尊嚴」。至於一般女人，為情為愛，被家暴或遭到背叛、遺棄，氣憤不過之下，花錢買一時的慰藉也是人之常情，有甚麼好大驚小怪的。

自虐與虐人都是人性，只不過是那種病態而又扭曲的人性，雖然可悲，但有些人非得用另一種病態的方式來補償，也不能說她不對。畢竟，我們又不是她，只有寄以同情，沒有甚麼可置喙對錯的餘地。

兵仔的客人中有位芳名叫吳淑華的小姐，是經由酒店的同事美月介紹。

淑華第一次找兵仔時，直接約在西華飯店一樓義大利餐廳門口見面，才見面就主動挽著兵仔的手，嬌羞得像新婚的小妻子。淑華看起來比美月年輕許多，面容姣好、氣質優雅、身材高䠷，是個景觀設計師，好像還頗具知名度，怎麼看也不像需要找伴遊的女人。說是一個人從臺南來臺北散心，直接就住在西華飯店。雖說是熟人介紹，兩個人初相識，交談不多，淑華羞澀單純，跟兵仔四目交接時大都以微笑帶過。整個週末，下樓吃飯，上樓辦事，單純的金錢交易，沒有關係的關係。可是，明眼人一眼就可看出，淑華根本就是故意放浪形骸，玉女變成慾女，卻裝得一副豪放無所謂的模樣，天使折翼墮落紅塵，內心在淌血也說不定。

後來才知道，入住西華的前一天，淑華才跟相交多年的男朋友正式決裂（更精確的說是被甩了），帶著滿身的傷痛來臺北找美月。美月是淑華的高中同學也是知交好友，熟知淑華的家世背景。雖然，美月自己在色情場所上班，還是不希望自己的好朋友受到傷害，為了安全起見，特別介紹了知根知底的兵仔給她認識。

淑華的家裡是開紡織工廠，在臺南永康有一大片的廠房與閒置土地。由於，紡織工廠利潤愈來愈差、工人又難管理，加上父親年紀大了不想再經營。於是，將廠房出租又出售部分閒置土地，家裡一下子多了很多錢。淑華有個論及婚嫁的男朋友，是她大一就交往的同校同學，知道她父親將廠房出租又出售了部分閒置土地，攛唆著她要跟家裡拿錢，借他投資做生意。淑華本不以為意，還以為他是開玩笑的嘴巴說說而已。孰不知，打從一開始交往，她男朋友就覬覦著她家的財產，本來還做著日後娶了淑華，順理成章的繼承老丈人事業，當起紡織工廠廠長的美夢。只是，人算不及天算，紡織工廠說收就收，讓他瞬間廠長夢碎。幸好廠房租人、土地賣了，還是有一大筆可觀的財富。哪知，淑華認為那是她父母的錢，壓根兒就沒想到要跟家裡要錢，兩個人為了不同的金錢觀，大吵了幾架之後分了。淑華內心還天真的想著：「為了不屬於自己的錢吵架，多麼不值得。等他冷靜冷靜，應該就會想通。」

現實是很殘酷的，結果並非如淑華想像的那般單純與美好。淑華的男朋友跟她前腳吵完架，後腳就跟一個醫生世家的女兒訂了婚，原來他早就是跨著多條船，遊走在幾個女生之間，隨時評估著娶哪一個女生可以讓他少奮鬥二十年，可以讓他立刻飛上枝頭變鳳凰。

事實上，另外還有一個更大的原因，就是嫌棄淑華是個超級太平公主。只是，她男朋友未達目的之前，都沒明說罷了。

上述的原因就可解釋，兩人除了初次見面的那個週末，淑華跟兵仔有在一起之外。爾後的見面裡，淑華只要兵仔撫摸她那對只有奶頭的小乳房，輕柔地或粗暴地，怎麼摸都行。等摸夠了，淑華滿足了，她會要兵仔安靜的躺在她身旁，讓她窩在他的懷裡，像隻小兔子綣曲著身子，擁著兵仔沉沉睡去。

每每兵仔擁著淑華時，心情總是異常沉重，也常在內心喟歎：「唉！真是個可愛又可憐的傻女孩。」他能夠體會淑華的痛處，可是這是無解的心結，他根本幫不了忙，他總不能說：「去做個隆乳手術，不就結了。」有些事，明知問題在哪裡，但與自己無關時，最好是裝聾作啞。他只能將雙手摟得更緊些，讓淑華更好睡，這似乎也是他唯一能做的事。只是，這種心靈上的假愛，背負起來比肉體上的付出還累。

林思賢（正常情況下，兵仔應該回復本名林思賢）有個小他四歲的女朋友名字叫王語嫣（她父親是金庸迷，取了跟《天龍八部》中女主角一樣的名字，希望她長大後能像王語嫣一樣美若天仙），現在還在讀大三，他倆是在英文補習班認識的，已經交往一年多。語嫣父母都是老實巴交的公務人員，語嫣有個哥哥，名叫王喬峰（當然也是出自《天龍八部》的人物），聽說是學機械工程的，已經成家另立門戶。語嫣住在家裡，沒認識林思賢前，平常不是上學、上補習班就是宅在家，是個單純得不能再單純的乖女孩。

兩人交往，剛開始並非一帆風順。

語嫣母親認為林思賢大語嫣四歲，又長得人模人樣，看起來就是一副到處招惹桃花的面相，不可能沒交過女朋友，感情經驗必然豐富，令人覺得非常不可靠。反觀自己女兒語嫣，個性單純，又沒交過男朋友，一副天真爛漫的模樣，日後傻傻的被賣了都不知道。加上林思賢又是職業軍人，前途與錢途都不明，怎麼看都不是良配。因此，極力的反對兩人交往。

語嫣父親則說是相信自己女兒眼光，倒是沒太大意見，這讓一個人唱獨角戲反對的語嫣母親，氣得牙癢癢卻莫奈可何。

語嫣看似乖巧，感情之事雖然母親反對，她卻有她自己的看法，她認為孝順顧家的男人絕對不會壞，看好思賢日後必有成就。

跟一般談戀愛的年輕學生一樣，語嫣學校有課的日子，思賢會騎著機車來接她下課，然後一起出去溜達或吃吃小吃，再送她回家。星期假日也會相約一起去逛街、看電影、去圖書館看書，郊外踏青或爬爬近郊的山，兩人感情發展平順正常，也常常膩在一起說悄悄話，一起織著未來美好的夢。當然啦！可想而知，兩情相悅的戀人說的悄悄話，有一大半說的都是廢話，但那個當下，廢話卻比任何詩篇或樂章好聽，只見語嫣常常被思賢逗得咯咯笑，快活得不得了。語嫣母親從旁偷偷地觀察一陣子之後，發現林思賢舉止穩當得體，也沒甚麼逾矩的行為，就沒再多說甚麼。

只是，這些美好與純純的愛，在林思賢去酒店打工後，全變了樣。思賢不再有時間接語嫣下課，星期假日也難得有空帶語嫣出去玩，而是帶她去吃美食，要不就是買昂貴的禮物送她，但就是挪不出太多時間陪她。思賢變得很神祕、行蹤不定，像在執行甚麼祕密任務。語嫣有幾次忍不住心中的疑惑，語帶不快地問他到底是怎麼回事？思賢也只是支吾其詞的匆匆帶過，一句也不想多說。

另一件讓語嫣難過與不解的是，兩人交往了一年多，私下在一起時，頂多也只是牽牽手。思賢雖曾有過一次，突然深情款款地牽起她的手，吻著她的手背，說她是他心目中的公主，會珍愛她一輩子。但再進一步的接吻，從來沒過，更不要說肌膚之親了。

這是語嫣的初戀，情竇初開的女孩難免欲語還休，惹人愛憐；一顰一笑更如新雨過後的花朵，楚楚可人。而她卻不是那種食古不化的女孩，總會幻想著浪漫的愛情與兩人世界的甜蜜。戀愛中的女人最美，但戀愛中女人的眼睛更是容不下一粒沙子。因此，她對思賢應對時的口氣熱絡與否，對感情用心的程度，甚至是肢體語言等的種種反應，自然是非常的在意與敏感。一段時間相處下來，語嫣可以感受到思賢的真情真意，只不過思賢對她的尊重，超乎常理。憑著女性的直覺，她可以感覺得出，思賢是刻意壓抑自己的感情。只是，發乎情、止乎禮的舉止卻像個守舊保守的小老頭，行為迥異於時下的開放風氣，保守過了頭必定有妖，這讓她的內心忐忑不安。

隨心之過無傷大雅，刻意為之必有隱情。

思賢的刻意壓抑，讓語嫣很受傷也很生氣。因為，再多的美食，再多的禮物，她都不要。她又不是個愛慕虛榮的女孩，要的不多，她要的只是思賢的陪伴。

語嫣極度不快的情緒思賢怎會不知道，可是他不能跟語嫣坦白說，他不單是在酒店打工，還兼差做伴遊。他只能找盡理由搪塞，例如：出差、受訓、部隊演習甚麼的，能拖多久算多久。

「語嫣，對不起！無論是酒店打工、伴遊，現在都只是一時的兼差工作，等我存夠了錢，日後我們結婚，一定會讓妳過上好日子。」林思賢在心裡大聲地吶喊著，無時無刻提醒著自己。

既然是色情酒店，多的是鶯鶯燕燕、酒色財氣的江湖事，工作環境自然複雜。因此，除非實在是不得以，一般人不會做太久。更何況，兵仔只是打工，他總是以「我只是來賺錢」與「我不會學壞」來提醒自己，隨時警惕著自己，避開與自己無關的江湖事，絕對不可以跟著去瞎攪和。

可是想歸想，人心又不是鐵打的，怎可能絲毫不受影響。

兵仔自從兼做伴遊之後，總覺得自己幹的是見不得人的行當，心態上慢慢地起了變化，整個人也從開朗的陽光男孩漸漸地變成了沉默寡言的陰鬱小生。每天上班下班，再上班下班，跟女朋友約會，空檔的時間接伴遊，剩下的時間就窩在租屋處，哪兒都不想去也不敢去。

他只想避開人群，避開任何一個有可能被指認出來的機會。

他變得不太敢照鏡子，因為只要一照到鏡子，他就會站在鏡子前許久許久，默默地、冷冷地看著鏡中的自己，想確定一下鏡中那個已經支離破碎的人，是否還是原來的自己。

伴遊的收入遠遠超過想像，吃美食、坐名車、出入豪華酒店，燈紅酒綠、紙醉金迷。兵仔怕迷失自己，一再提醒著自己：「這些富貴榮華都是一時的假象，稍縱即逝。過了，就是不堪回首的雲煙往事，我一定要淡然處之。」於是，將伴遊的工作，嚴控在一週內不超過二次。這下子，物以稀為貴，搞得自己更搶手，而紅姐幾乎視兵仔為禁臠，尤其對他對女朋友的堅持嗤之以鼻，非常不以為然，有事沒事就拿出來糗他兩句，說他是背著貞潔牌坊的牛郎。

兵仔根本不在乎紅姐怎麼譏諷他，他還是非常堅持地用自己的方式呵護語嫣。只是，日子久了，周遊在這些女人之間，對著不同的人說著言不由衷，甚至是假惺惺的情話，有時他都懷疑自己，是否是個有著多重性格的假面人？

但到底不敢碰語嫣，是真的尊重她，還是覺得自己髒？兵仔想都不敢想。

雖然兵仔常告訴自己，等錢賺夠了，就回歸正常日子。

但甚麼是錢賺夠了？標準在哪裡？左右逢源、紙醉金迷的豪奢日子，自己真的捨得放下嗎？

而且，未來的日子，真的還能再正常如昔嗎？我還能回到以前的我嗎？

而且，最重要的而且，語嫣還會在我身旁嗎？

兵仔自己也茫然！

等一個人

他天真的以為自己是文人騷客，感時傷逝，嘆時光悠悠，多情卻似總無情。

他自以為參透愛情，恣意的遊戲人間，說甚麼：「醒時同交歡，醉後各分散。」看似瀟灑的甚麼都不在乎，其實是甚麼都在乎。

許是，幼稚限制了他的想像。因為，真實的世界裡，物慾、名位、財富遠勝過純純的愛情。

有那麼一句話，人們總愛掛在嘴邊低語 murmur：「眾裡尋她千百度，驀然回首，那人卻在燈火闌珊處。」但，那人是誰？是心心念念的她，尋尋覓覓，追著早已逝去的倩影。還是譏諷他自己，形單影隻，落寞的孤影，千山暮雪，隻影向誰去。

芸芸眾生，萬千紅塵，有緣相識，何其幸運，那種感覺讓人牢記一生。

本以為相識，然後相知相守，將會是一輩子的事，至死不渝，結果卻是一輩子的思念，一輩子的等待。

他常在想：「卿卿的妳，不知是否還記得金山海邊的『夫妻石』（燭台雙嶼）？那個曾是我倆定情的地方，還是妳已然忘得一乾二淨。」

夫妻石就像一對鶼鰈情深的靈石，千萬年來深情款款的對望依舊，海風擺動著腰肢，輕輕柔柔的在旁邊唱著情歌。許是當年太年輕，他眼眸含情的對她說：「蒼天在上，夫妻石為證，我會守護妳一輩子。」她也面帶嬌羞，含淚點頭應允。但半個世紀過去，只有他仍傻傻的守著諾言，而魂牽夢縈的她，卻早已不知芳蹤何處。

蒹葭蒼蒼，白露為霜。所謂伊人，在水一方。可悲的是，海風無語，流水無情，他的伊人早已把他遺忘？他無淚、無言也無恨，只是不知道還能到哪兒去守護？

他深深記得，那一年的某個夏日，他們並肩坐在金山海邊的礁岩上。遠方晚霞滿天，海面波光粼粼，晚霞擁著夕陽，亦步亦趨的難分難捨。雖然，他倆只是並肩坐著，但聽著彼此的心跳，不聽使喚的心早已分不出誰是誰。

他輕輕地擁著她，親了又親、吻了又吻，直到她說：「討厭！你把我的嘴唇都吻腫了。」但她可知，愛戀如他，早已捨不得放開，抱著她的感覺，更捨不得她那又暖又軟的嘴唇。

若不是她的嬌嗔，他會抱得更緊、吻得更深。

沒有理由，也無須理由。因為，他喜歡她，他愛她。

新北市金山區燭台雙嶼（夫妻石）。

只是，晴天霹靂！他不懂，她怎會無聲無息地離他而去，她又怎狠心捨得？

自此，每到夏日，他對她的懷念就特別濃烈。

而他，就像是一個單腳的圓規，早已畫不出一個完整的圓。

他站在金山海邊，海風帶來記憶中她的笑語，那是深存他心中，絕對不會忘記的歌。他雙手合十，望著夫妻石：「靈石啊靈石，我又來等一個人，一個不可能再出現的人。不過我知道，您們絕對不會笑我，明知等待不會成真，但『等一個人』早已是鐫刻在我靈魂裡，亙古不變的念想。」

靈石有靈，當然知道。只不過，它們總是冷冷的回答他說：「等一個不屬於你的人是癡心妄想，你這個傻小子早就該死心了，更何況你又不是她的誰，除了把她藏在心裡，甚麼都做不了，何苦來此等一個永遠不會再出現的人。你這不是癡情，是愚蠢！」

這些，他都知道，但他是守護一個諾言，等一個人的念想，就是永遠的守護。

他是蠢，但他一定會常去，而且還會一直去。

他從青年，壯年，中年，等到老年，一生未娶。

等一個人，等一個心心念念的人。

就算是癡心妄想，他無怨無悔。

安養院幻想曲

鄰居「老王」的老爹「老老王」，萬分無奈地被他兒子送去安養院養老，老老王嘴巴不說，心裡卻是非常生氣：「一定是我那沒心沒肺的媳婦欺侮我老了，硬逼我兒子送我來這個鳥地方。兒子是媳婦生的，真他媽的白養了！」

聽老王說，他父母感情不睦，很早就分居，母親跟他姊姊長期住在美國；父親身材高挑帥氣，年輕時風流倜儻、四處為家，難得見上一面。現在老了，老樹枯柴、床頭金盡，再也瀟灑不起來，只好搬來他家同住。但是老老王孤僻成性，跟老王一家都不親，雖然同住一個屋簷下，家門的進出口卻不相同。於是，各走各路、伙食自理，少有交集。不過，老老王沉默寡言，不多事也不惹事，幾年下來，倒也相安無事。

老老王面容清癯身形高瘦，是個太極拳高手，教了一輩子太極拳。就是因為他是個太極拳高手，自認為自己身體好得很，打死也不相信竟然有一天，他會淪落到被兒子送來安養院。因此，都來安養院好幾個月，心裡還是一直忿忿不平，一想到他兒子媳婦就生氣。其實，老老王的年紀已經八十好幾，身體健朗是沒錯，但畢竟人老了，功夫再厲害，身體機能退化卻是不爭的事實。心裡想的，到大腦下指令給身體，跟身體實際的動作都有落差。

太極拳講究的是中定、放鬆、心靜、慢練，老老王既是太極拳高手，按理個性應該非常沉穩內斂才是，不料近幾年性情卻變得急躁沒耐性，尤其走起路來老是跌倒。太極拳高手走路跌倒，真是情何以堪，老老王哪能忍受這種恥辱，於是心裡越急，越是容易跌倒；越是容易跌倒，心裡越急，脾氣就變得越發暴躁，待在家裡看誰都不順眼，惹得豬狗都嫌。老王只好請個外傭來家裡幫忙，專門伺候老老王，幫他買吃食也盯著他不要隨便到處亂跑，只要待在家裡當老太爺就好。哪知，老老王這陣子變本加厲老是疑神疑鬼，說是有人要害他，又愛一個人瞞過外傭偷溜出去閒逛，偏偏他又是個路痴，常常迷路不說，還累得老王一家老是大街小巷找人，有時還得報警協尋，搞得他們一家上下雞飛狗跳，不得安寧。老王不得已之下，只好將老老王送進安養院。

老老王進住的安養院名叫「永春安養院」，是個教學醫院附設的養護機構，坐落在三峽與土城的交界處，交通便利、環境清幽、房舍整潔、設備齊全，算是不錯的選擇。安養院內的編制上，分別設置有自理能力的「自助院區」，與無自理能力需旁人協助的「互助院區」。不過，入住者申請後，仍需經園方評估其自理能力，再決定適合何種院區。老老王除了行動略為緩慢，但腦筋清楚、能吃能睡，當然是申請自助院區，經院方評估合格後核准入住。

安養院環境固然是不錯，可是畢竟不是自己的家，住進了安養院，意謂著沒有明天，未來的日子只剩下混吃等死而已。老老王心裡雖是千萬個不願意，但也清楚自己老了，許多事已經由不得自己，只得認命，任由兒子安排入住事宜。

入住安養院那天，就在老老王自怨自艾，心情抑鬱到連一死了之的念頭都有的當下，有個人，一身黑，靜靜的站在角落，無聲無息的看著房間裡人來人往。

老老王嘴巴應酬著親友的祝福，心中一片淒然，眼角忽然掃到那個黑衣人，低著頭悶聲不響的立在房間的陰暗角落，動也不動，更別提連句吉祥話也沒說。老老王心裡超級不爽的嘀咕起來：「真不知這是哪家的親戚？一身黑，杵在那裡，吭也不吭一聲，多觸霉頭啊！」但，奇怪的是眾親友與接待解說的工作人員進進出出房間，多次跟他擦身而過，卻沒有任何一人多看他一眼，也似乎沒有任何一人有感覺到他的存在。

老老王明知親友嘴裡誇讚安養院的照護流程安全舒適、設備完善，都只是客套話，心裡實則指責他兒子媳婦不孝。但囿於親友都在，心裡再怎麼不爽，也絕不能在他人面前掃自己兒子媳婦的臉，只好勉為其難的咧嘴傻笑配合演出，搞得他心力交瘁的直喊比打拳還累。

一堆人折騰了一個下午，好不容易才相繼離去。臨走，老老王還跟他兒子吵了一架，一氣之下還撂了一句狠話對他兒子吼道：「你就當我死了，不要再來找我，找我也不會見你。」

親友離開後帶走喧譁，也將一室生氣帶走。對著一室的空蕩，老老王像洩了氣的皮球，一大屁股坐進房間裡唯一的一座有按摩功能的單人沙發，打開電視，正準備一如以往，兀自消化一人世界的孤獨。他猛然發現往電視方向望過去的角落，那個黑衣人仍安安靜靜的站著，睜著兩個幽暗深邃的眼睛看著他，表情冷冽什麼話也沒說，一副看完好戲幸災樂禍的樣子。老老王被黑衣人看得心裡發怵，一時脾氣上來，大聲喝道：「你是誰？怎麼還沒走？幹嘛一個人神祕兮兮地站在角落，你是要當賊，準備偷東西嗎？快走！再不走，我喊人了。」

黑衣人張開嘴，一道光從口中透出，冷冷的說道：「你不會趕我也趕不走我，我是你的『影子』，影子在人在，影子亡人亡。」光影隨著說話的嘴型，開合晃動，表情滑稽詭異。老老王一時語塞，不知如何回答，心裡正胡思亂想著，又有一道聲音從腦海中竄出來：「影子、影子、……，影子是你的『黯黑天使』，也是你的『守護神』。」聲音一字一句，悠悠蕩蕩，似遠還近，像來自另外一個玄妙的異次元空間。

老老王站起來，攥緊拳頭，一個箭步衝上前準備理論。只見，影子將雙手交叉、身體一捲，老老王頓時如繩索捆身，跌坐在地上動彈不得。

「你不是想死嗎？還哪來這麼大脾氣？更何況傷了我，就等於傷了你自己。」影子語氣依然冷淡，不帶一絲感情。

「我跟著你八十幾年，鞍前馬後護你周全，你倒好，走南闖北想去哪兒就去哪兒，快樂逍遙得很，現在碰到一點小挫折就想死，你丟不丟人啊！」影子毫不留情地繼續說。

老老王被影子噎得一句話也說不出來，坐在地上衝著影子乾瞪眼，後來索性閉上眼睛來個相應不理。就這樣，一人一影毫不相讓的僵持著，天色漸暗，影子變得隱晦不明逐漸要消失。光愈亮，影子愈清晰可見，法力愈強，影子依靠亮光而生存，有亮光才會有影子，這是影子的罩門。

影子看著老老王一副冥頑不化的賴皮樣子，終於嘆了口氣，緩了緩態度說道：「好啦！你不用生氣也不用太難過，不是你兒子不孝順，是你自己老不服老到處亂跑，盡給他找麻煩，送你來安養院有吃有住、有專人照顧，有什麼不好。不管你怎麼想，我們當下是陷在這裡，心情不好，窗外的藍天白雲與和風細雨再美、再詩情畫意，跟我們一點關係都沒；心情好，踩到狗大便都會認為是鴻運當頭，要發大財了。你孤家寡人一個，住哪兒不都一樣，不妨放寬心先住下，等環境熟悉了再做打算。」

「好吧！」跟影子嘔氣就是跟自己嘔氣，打影子就是打自己，更何況影子還是他的守護神，人跟神打，豈不是自己找死嗎？形勢比人強之下，老老王再不甘願也只得悻悻然的同意了。

「自助院區」裡的房型，基本上分十坪與十二坪兩種。老老王住的是十二坪大的房型，房間內都是一廳、一房、一廁的設計，差別只在客廳大小而已。院內採飯店式管理，每日供應三餐加下午茶與晚上宵夜，住民需自行前往餐廳自助用餐，當然也有在房間點餐請人送去的「送餐服務」（像飯店的 room service），只不過要另外加收服務費就是了。

不過，院方根據老人照護醫療觀點，希望住民們利用用餐時間彼此多認識、多交流，增加生活情趣以免無聊。因此，基本上不鼓勵使用送餐服務，可見這個安養院並不以牟取暴利為唯一目的。除此之外，院方還有每天上午清潔房間，每週一次洗滌換洗衣物的服務。

院區每天六點到八點早餐時間，十點吃點心；十二點到下午二點午餐時間，四點下午茶；六點到八點晚餐，十點宵夜。每週在院內的圖書室或交誼廳，還安排有各式各樣跟養生、療養、怡情、健身有關的活動可供選擇，如針灸、按摩、瑜珈、槌球、重訓、太極拳、棋藝、畫畫、歌唱、購物、看電影、打擊樂等。其中某些活動會額外酌收費用，藉由繳費沒上課就是吃虧的心理作用，激勵住民持之以恆，避免資源浪費，只可惜參加的住民還是不多，很多活動根本就推動不起來。

吃吃喝喝、歡歡唱唱、走走動動，一晃眼三個月過去。

既來之，則安之。期間，老老王當然有機會，去認識同住在院裡的街坊鄰居。只不過，個性孤僻的人，總是挑剔別人的多，檢討自己的少，老老王似乎有交際障礙，跟別人總是格格不入。

老老王住房對門的鄰居姓劉，大家稱呼他劉老，見到人總是笑嘻嘻，待人很客氣，是個退休的高階公務員。只是，話不多，從不說任何跟自己家世、過往有關的事，是個十足的謎樣人物，一副水火不入、油鹽不進的模樣，令老老王看了就有氣，從不稱他劉老，只叫他老劉。

右邊隔壁的隔壁，居住的鄰居叫老陳，個子不高、體型肥壯，聽說是個青菜批發的大盤商，嗓門很大，喜歡說話，常抓著人說個沒完。房間裡零食一大堆，見人就抓出個幾大包，說是拜託幫忙消化消化，一天到晚說他錢太多花不完，動不動就要請客吃飯，在院區裡人緣很好。說實在的，老陳，人雖然是粗魯了點，不過為人樂觀海派、出手大方，人緣好不無道理。偏偏，老老王不喜歡他，認為他財大氣粗、渾身銅臭，不屑與之為伍。

在隔壁棟，老老王還認識了一位遠從高雄來的退休國中老師，說是姓謝。但到底是本家姓謝，還是夫家姓謝，老老王沒細問，後來不好意思再問，只好謝老師的一路叫下去。聽說，謝老師的先生已經過世，兒女都在美國，講話輕聲細語，喜歡種花，衣著品味不錯，感覺很有教養。

老老王在院區工作人員介紹鄰居時，初次見到謝老師，心裡就起了一種無以名狀的遐思，耳根發熱心跳加速，他心想：「拜託，你都八十好幾了，思春啊？真是丟臉。」話雖如此，他還是有事沒事，找各種理由往謝老師那裡蹭。謝老師待人親切有禮，來者是客，招待喝茶、喝咖啡、吃甜點，她對所有的訪客一視同仁，這讓老老王心裡很受傷，總覺得自己老雖老，但風度翩翩，長久以來，一直是無往不利的師奶殺手，怎可能會吃鱉。

住安養院，當然認識安養院的院長。只是，老老王不知道他兒子老王特別備了厚禮，瞞著老老王私下去拜訪過院長，請院方特別關照老老王。院長是位姓金的中年女士，剪了一頭幹練的短髮，走起路來抬頭挺胸，一副精力無窮的樣子。因此，任何人只要走路不小心跟她走在一起，常常會被她旺盛的精神感染而不自知，走著走著也會跟著精神亢奮起來。

金院長對養生非常有概念，她認為人活著就要動，尤其是老人家，只要願意動，做甚麼都好。而且老人家只要有事做就會有成就感，有成就感自然就有精神寄託，有精神寄託就不會有尋死覓活的問題。因此，她自從知道老老王是太極拳高手後，一直想聘請老老王帶領院裡的「太極拳班」，讓教了一輩子太極拳，職業倦怠得不得了的老老王不勝其煩，一天到晚躲著她。問題是，安養院說大不大，說小不小，又不能私自外出，老老王哪躲得過，心裡就是一個有苦難言的「嘔」。

雖說，自助院區的住民，行動自如，生活也可自理，但畢竟都是七老八十的老人家。因此，院方規定，為避免走失或發生意外，七十歲以上住民只能在院區活動。換句話說，就是住民如果沒有親人接送，不得私自外出。這個規定，讓老老王非常生氣，尤其他個性變得孤僻後，只喜歡自己一個人到處閒逛，要不就去謝老師那邊串串門子。問題是，院區再大、設施再多、活動再豐富，只要不能自由進出，他的心情就是不痛快。每天寒著臉，除了謝老師之外，根本不搭理其他住民，對工作人員也沒給過好臉色，好像全天下的人都虧欠他，入住不久，就成了院區最不受歡迎的人物。

既然不受歡迎，老老王索性餐廳也不去了，天天叫送餐服務，一個人關在房間裡搞自閉。後來，影子實在看不下去，對老老王說：「這樣好了，反正眼下你哪兒都不能去，閒著也是閒著，來跟我學學『望氣術』，就是觀察『人』的方法，一來可以打發時間，二來讓你改善人際關係。」

其實，身體、影子，本來就是一體兩面，差別在從屬關係不同。有身體，就會有影子；有影子，身體卻不一定存在。因此，身體是主，影子是從。影子這個提議講得婉轉，根本沒甚麼大不了的，哪知老老王抵死不從，說甚麼都不願意學。影子福至心靈的腦波一連，原來這太極拳高手不是不想學，是怕如果向他身體的附屬品「影子」學法術，萬不小心說溜了嘴，讓外人知道了會恥笑他。這臉，他丟不起。影子說：「放心！我們是用『神識』在交談，有你才有我，沒有你就沒有我。所以，你的『人』跟你的『影子』學法術，等於你是跟你自己學。自己教自己，叫無師自通，外人佩服都來不及，你有甚麼好丟臉的。」

看來，老老王的木榆腦袋跟他的心魔，只有他自己的影子最了解。一陣威脅利誘後，老老王心魔盡除，他想：「『望氣術』能測人吉凶怎可能不學，更何況，我現在虎落平陽，淪落至此。雖說，害人之心不可有，但這裡人生地不熟，防人之心不可無，多學一門本事備著，以防萬一總沒錯。」

影子看老老王已無異議，於是語氣平和的說道：「每個人頭頂上都有專屬的霞光，霞光的顏色、氣勢強弱（簡稱氣色或氣運），代表運勢與精氣神，氣色明亮則興旺，氣色黯淡則敗落。不過，平常人是看不到彼此頭頂上的霞光，當然也看不到『氣色』，看到的只是『臉色』而已。」

「既然平常人看不到彼此頭頂上的霞光，那要怎麼樣才看得到？該不會是要『開天眼』，才看得到霞光吧。天眼是佛家的『天眼通』嗎？據我所知，天眼通有無所不見的能力，像我這種沒有天生報通的凡胎俗骨，如果胡亂藉由外力開天眼是犯修行的大忌，輕則走火入魔，重則喪命也不是不可能。再說，我這麼老了，學了做不了好事，不合適吧。」老老王雖是燃起興趣，但畢竟是練武之人，常識總是有的，對怪力亂神的東西，難免語帶保留小心翼翼的提出疑問。

影子點點頭，語帶讚許的回說：「沒錯！『天眼通』有『修得』與『報得』兩種，後天修四禪八定而得的是修得，與生俱來的天生報通是報得。一般所說的『陰陽眼』不是天眼通，它只是天眼通的一小部分神通而已。一般人後天修行天眼通，要修心、要持戒，否則天眼未開，心魔已來，自誤誤人。只是，後天修行沒有堅持個五年十年工夫，是看不到成效的，而且大多數的人毫無慧根，無論修多少年，也都是徒勞無功。更何況，你年紀已經這麼大了，哪有那麼多時間，可以讓你從頭修行起。」

影子停頓了一下，確定老老王沒有打瞌睡後，又說：「不過，不要忘了我是你的保護神，既然開口要幫你，自然是已經想到安全便捷的功法。我特地給它取了個名字，叫做『加持分享功法』。它運作起來就像我的手機開啟『個人熱點』，你可以跟我共享網路。只要有需要，透過網路，你隨時可以借我的神通一用。至於，為何用？怎麼用？何時用？就依你自己的判斷決定，相信你不是個濫用神通之人。如何？」

影子隨之向老老王解說霞光的種類及如何分辨良窳：「一般平常人頭頂上幾乎沒有霞光，氣運稍好一點的也不過是淡淡的白色帶一點灰色，短短一小截。不過，身體特別健康的人，白色霞光較為清晰明亮，但也是短短一小截。紅色代表財富，愈高愈富有；黃色代表正直，有道之士必然有著高高的浩然正氣；紫色代表權威，名望，愈高愈尊貴，如公侯將相等，即所謂的『紫氣東來，大富大貴』；黑色代表災禍，愈高傷害愈大，如大奸大惡禍害人間。略有才幹與小奸小惡之人，霞光三尺；大才大惡，霞光六尺；大富大貴或窮凶惡極之人，霞光九尺。簡單的說，你只要看到對方頭頂上的霞光，就像刷了 QR CODE 一樣，所有的資料無所遁形。」

某日，金院長利用晚餐時間，在餐廳等候著。她心想：「不管王老爹是來餐廳用餐，還是打電話叫外送，我就親自給他送去。無論是哪一種，我總會有機會見到他。」不久，老老王臉上掛著一抹迷人的微笑，一個人悠哉悠哉的晃進餐廳，整個人看起來就是不一樣。

金院長趕忙從座位上跳了起來，喊了大大的一聲：「王老爹好！」

老老王抬頭一看，金院長頭頂黃色霞光六尺，霞光外型看起來就像一隻顧家的黃狗。心想：「好人一個，就是太操勞了。」

「好！好！好！妳也好。」老老王趕緊回答。

緊接著，老老王又說了一句：「好！妳別擔心，『太極拳班』我接了。」

還有，妳聽我勸兩句：「現今職場這麼競爭，女人家居高位本來就不容易，專注事業不是妳的錯；為了照顧老爹娘，沒跟妳男朋友一起出國深造，沒了姻緣也不是妳的錯。緣起緣滅，世事無常；花開花落自有時，凡事順其自然無須強求，總會有守得雲開日月明的一天。承受壓力要量力而為，妳要懂得適時放下。」老頭子我，吃飯去了。

丟下金院長一頭霧水，混身的震驚，呆在那裡半天回不了神。

老老王一直很納悶，為甚麼謝老師會把高雄的房子賣了，一個人毅然決然的跑來北部，為甚麼這麼年輕就住進了安養院。而且聽說已經入住了好一陣子，由於年紀未滿七十歲又無親人在台，加上身體硬朗、行動自如，她是屬於那種可以自由出入安養院的族群。只是從來沒看她外出過，看到她時總是一個人在圖書室看書，要不就是默默地打理著她門前的小花園。人前淡然，人後落寞。黛眉輕蹙，我見猶憐。

現在既然神通在身，豈有不去弄清楚的道理。他拽著影子說道：「待會兒你得幫我弄清楚，這謝姑娘到底是怎麼回事，為何如此落寞、如此強顏歡笑？」

敲了敲門，謝老師應聲開門，還是那副優雅閑靜模樣，讓老老王看得是心疼萬分。謝老師頭頂上紅色霞光三尺，霞光呈臥牛狀，想必是勞累半輩子，心裡有所罣礙，但又無能為力，索性自我放逐。

「王大哥，有事嗎？」謝老師略帶羞怯地問道。

「沒事！我剛好路過妳房間，看看妳在不在，找妳一道吃飯去。」這個藉口扯得太離譜了，連影子都看不過去，偷偷的跟老老王說道：「老兄，餐廳在另一個方向欸！」

「你不懂啦！只要謝姑娘不在意，願意跟我走，就表示他對我有好感。如果，不願意去，那就是說她看我不上眼，我摸摸鼻子走人就是了。」老老王心裡這麼想著，影子也就明白了。

「好！等我披件衣服就去。王大哥，要不要先進來坐一下？」

「沒關係，我站門口等就好。」

謝老師扣上門，兩人一起走向餐廳，老老王本來走得略為前面，突然轉過頭來，對著謝老師語氣幽幽地說道：「兒孫自有兒孫福，妳犯不著瞎操心，操那麼多心，人家也不見得會感激妳，妳這不是自尋煩惱嗎？」

「你怎麼知道我們家的事？」謝老師停下腳步，睜大了眼睛問道。

「我就是知道，妳的事全寫在臉上。」

應該說是動物嗅到威脅，主動避禍的本能吧。老劉有感覺到老老王不喜歡他，可是他又沒欠他錢，也沒得罪過他，實在是沒甚麼道理。但也不曉得是怎麼搞的，老劉一看到老老王心就虛，渾身不自在。因此，平素老劉在院區裡走動，只要看見老老王，一定有多遠就躲多遠。

是福不是禍，是禍躲不過。安養院就那麼點丁大，抬頭不見低頭見，狹路總有相逢時。

「老劉，上哪兒去？」老劉冷不防，被人從後方拍了一下肩膀，回頭一看竟然是老老王，差點沒嚇出一身冷汗。

「哦！老王啊！我去交誼廳跟人下棋，現在要回房睡午覺去。」

老老王看了老劉一眼，老劉頭頂上灰色偏黑霞光六尺，霞光狀似一隻閉著眼睛的狼，老老王心想：「你這老小子，一天到晚神祕兮兮的，我不用『望氣術』也知道一定不是甚麼好東西。」

「老劉，命中有時終須有，命中無時莫強求。你好自為之吧！」老老王丟下這句話，又深深地看了老劉一眼，然後擦身而過。

數月後，警察突然找上門，逮捕了老劉，罪名是貪汙。老劉利用職務，收受回扣，東窗事發，通緝在逃。他將妻兒送出國後，躲進安養院避禍，還以為神不知鬼不覺。

老陳住在老老王的隔壁兩間，跟餐廳同一個方向，老老王每天去餐廳用餐，一定要從他門前經過。不過，老老王不喜歡他那財大氣粗的做派，每次從他門前經過時，就算房門大開，他也會刻意不往房裡看。這回，老老王卻不經意的往房內看了一眼，吃飯時間到了，老陳一反常態的躺在床上，眼睛直勾勾地瞪著天花板。老老王看到的是一個面容憔悴、神情疲憊的糟老頭，而不是平常的那個嗓門大、樂觀海派的老陳。其實，老老王只是不喜歡老陳的做派，並不討厭他那個人，老陳私下表現出來的軟弱，反而引起了老老王的好奇心，他仔細的看了看老陳。一看，乖乖！不得了！頭頂紅色霞光六尺，大富大貴之人，只是霞光隱約像一隻憨憨的大肥豬。

當老老王站在老陳房門口，心裡演著小劇場時，老陳已經爬起床來準備出門。一抬眼，剛好看到老老王站在門口，倒是讓他大吃一驚。他神情緊張地問道：「王大哥，找我？」

「沒事，剛好路過。」

「吃飯去？」老老王又問。

「欸！」

「一起走。」老老王起了惻隱之心，誠心的提出邀請。

吃完飯，應老陳的熱情邀請，老老王邀了謝老師（現在已經改口叫小妹）一起去老陳的房間喝茶聊天。老陳的房間也是十二坪大的房型，只不過房間內塞了許許多多的零食、泡麵，茶葉、乾貨（人蔘、鮑魚、刺參之類）、洋酒，還有一些大大小小的盒子。因此，除了床以外，剩下的空間，只能勉勉強強擠上四人座的小茶桌。等主客坐定，老陳給每個人斟好茶後，尷尬地說道：「不好意思，房間擠了點。還好，我們只有三個人。」

「不會啦！大家房間都一樣大，你只是家當多了點。」謝老師不以為意的回答。

「來！不用客氣，吃豆干、吃魷魚絲、吃小魚花生，我還有牛肉乾、烏魚子，還有……。盡量吃，盡量吃，別客氣。」老陳恨不得把所有的家當，都掏出來請客。

「老陳啊，我看你擺弄這些個東西，分明是下酒菜，哪像是喝茶配的零嘴。別盡瞎忙了，過來喝茶。」老老王面帶微笑，看著老陳翻箱倒櫃的到處找零食，等擺滿了一整桌，才好言勸阻。

「欸！」謝老師不懂，為甚麼老陳碰到老老王會變得如此拘謹？不過，跟老老王在一起，確實會讓人有那種心定、可依靠的感覺。

「老陳，說說你自己，我看你身強體壯，年紀又不大，說甚麼也沒理由，會跑來安養院住？你該不會也跟老劉一樣，躲通緝吧！」老老王呲著嘴，語帶戲謔的問道。

「唉！說來話長也是家醜，說出來見笑！」只見，老陳圓胖的臉上，露出些許痛苦的表情。

但是還沒等老老王或謝老師接話，老陳滿肚子的鬱悶，就像倒豆子般的傾盆而出：「我們家世代務農，家裡田地不少，除了自己耕種也放租給別人，家境算是不錯。我們家有六個小孩，五女一男，男的就是我，我是排行最小的男生，同時也因為我是獨子，父母過世後把財產都遺留給我，而我的五個姊姊一毛錢都沒有。正因為如此，她們氣得跟家裡斷絕關係，幾乎不來往。當時，我年輕不懂事根本不在乎，不來往就不來往，我還可以省去很多人情世故的禮數。

當年我少年時，貪玩又不愛讀書，加上家裡種田需要人手，中學都沒讀畢業，就一直在家裡的農場幫忙種田、種菜、放牧，打理農務。可能是因為有一點小聰明，我們家的農場被我經營的有聲有色，賺了很多的錢。

我結婚得早，老婆是央請媒婆作媒的同村人，我們總共生有二男一女。我因為學歷低，怕別人瞧不起，很早就將兩個兒子送出國讀書，希望有朝一日他們能回來光耀門楣。身邊只有一個女兒跟著，女兒雖然沒出國留學，但也培養到大學畢業。隨後，去了一家外商公司做事，還說有了工作經驗也想出國繼續深造。女兒工作後不久，認識了她公司大客戶的經理，人是長得人模人樣，聽說還是個博士。對我女兒死纏爛打，兩個人談上戀愛之後，女兒再也不提出國深造的事，只是一天到晚吵著要結婚。後來肚子搞大了，我們不同意也得同意。哪知，他這個博士好高騖遠，看誰也不順眼，一年換二十四個老闆。前陣子，妄想自己做生意當老闆，偏偏自己又沒本錢，一天到晚拗我女兒回來跟我要錢。那一天，他們夫妻倆就是回家來鬧著要分家產，我一氣之下把他們趕出門。好好一個女兒，從小我們像呵護公主般的供養著，要錢給錢、要甚麼給甚麼。真不知是他媽的給鬼迷了心竅，要不然怎會看上這麼一個爛咖，還博士勒！事後，我在家裡越想越氣，結果心臟病突發。幸好在家裡幫忙的外勞，冒著無照被關，甚至被遣返的風險，開著小貨車火速把我送去醫院急救，在加護病房住了一個星期，才撿回來一命。哪知禍不單行，我老婆為了照顧我又要打理生意，日夜操勞之下，精神嚴重耗損。加上，三天兩頭還要被她女兒、女婿追著要錢，一下子氣不過，引發了腦溢血。外勞雖然立刻叫來救護車，但還是來不及送到醫院就走了。出殯時，兩個兒子推說工作走不開，傳了個電子弔唁信來，人根本沒回來。我女兒、女婿又因為見不到我人，也拿不到錢，還告外勞脅持雇主與侵占財產，嚇得我家外勞在官司不起訴後，立即返國不敢再來。

我知道，這一切的禍因，都是為了錢。有錢，當然不是我的錯，但再有錢也換不回老婆的命。我心想反正錢夠用了，帶也帶不走。於是，我把田地、家產全賣了，除了自己留了一些錢，其他的全捐了。另外，為了徹底斬斷我女婿再覬覦我財產的念頭，我把剩下的財產交付信託，隨後付了保證金住進安養院。一來，圖個耳根清淨；二來，反正人生無趣，在安養院度過餘生也沒甚麼不好。而且，我發現人老了，錢再多，留著也沒用。不如拿錢做人情，花錢買尊嚴會快活些。」

聽罷！讓老老王與謝老師唏嘘不已，不知道說甚麼才好。

片刻之後，老老王拍了拍老陳的肩頭說道：「老陳，你這是六親緣淺，天生孤獨，只有對自己好一點。而且，你要知道這個世界本來就不美好，無須太自責，孩子孝不孝順，老婆會不會早死，都不是你能控制。更何況古有明訓『仗義每多屠狗輩，負心多是讀書人』你的外勞就是屠狗輩，如果不是他仗義，你跟你夫人早死了；負心的，當然就是你那些有著高學歷的兒子、女兒、媳婦、女婿了。」

接著，老老王張開了雙手，用力地抓著老陳與謝老師的臂膀，眼神堅定的說道：「沒關係，我們以後都是一家人。沒人疼，我們自己疼；沒人愛，我們自己愛。安養院的一家人，也沒甚麼不好。」

至於，院裡的其它工作人員，老老王特地用「望氣術」好好的看了一遍，除了幾個幹部頭頂上有個一二尺不等的黃光外，其他的人幾乎都是白色光，差別只在，有的清晰，有的根本看不見。不過，其中有位負責清潔的太太，頭頂上有紅色兔型霞光三尺，這個例外讓老老王很意外。後來，才知道那位太太的先生原來也是住在安養院，只不過因為失能而住在「互助院區」。幾年後，自然老病過世，她有感於院方對她先生的細心照料，加上一雙兒女學業有成，職場婚姻都不錯，對她也很孝順。因此，發願在院內做義工幫忙。

真個是積善之家，必有餘慶，難怪紅色霞光三尺。

於是，老老王變了，他喜歡大晴天時在院裡到處串門子，說話也變得風趣幽默，而且葷素不忌，三兩句就能搔著癢處，或是一針見血地說到對方的心坎裡，先知與鐵口直斷為他贏得了

「王半仙」的稱號。加上老老王允文允武，偶而興致一來，隨手打他個幾式太極拳，尤其是「雲手」的招式一出，更是惹來女性住民的一陣尖叫，其中當然包括謝老師。

很快地，王半仙擄獲眾多粉絲的愛戴，也成了院裡住民與工作人員的心靈導師，無論走到哪兒，總是大受歡迎的焦點。同時，他也接受金院長的拜託，欣然的接掌「太極拳班」，學生粉絲自然又圈了一大堆。只是，意想不到的是謝老師竟成了他的頭號粉絲，自然而然成了紅粉知己。後來，紅粉知己又變成老來伴，每天跟進跟出。試想，美人如此多嬌，生活又過得如此燦爛，老老王喜歡安養院，他哪兒也不想去。

直到有一天，老王尋思著都大半年過去，老爸老老王應該已經氣消了。於是帶著一家人去到安養院，一來探視，二來想開車載老老王去院外走走、散散心。孰知，到了老老王房間，房門敞開，小小的房間裡烏鴉鴉一片都是人。進了門，只看見老老王專屬的沙發上坐著一位老太太，老老王挨在沙發邊上，口沫橫飛地對著眾人說話，只聽他謙虛的回答：「我哪會通靈，我只是人老，多吃了幾碗飯，痴長了些歲數而以。你們難道沒聽說過『樹老成妖，人老成精』，我現在就是老妖精啊。」話聲一落，頓時惹來一陣熱烈的笑聲回響。

老王進門後，喊了一聲「爸！」當下，有幾個住民同時轉過頭來，一時間面面相覷，就像彼此臉上都寫著：「你兒子？」這時，身為主人的老老王也排開眾人趨向前來，開口問道：「小夥子，你找誰啊?這裡，沒有我不認識的人。」

甚麼!老老王不認得老王，怎麼可能?該不會是老老王不爽老王很久沒來看他，故意視而不見，假裝不認識。

「小夥子，說話啊?長輩問你話，怎不回話呢?你是誰家的孩子，忒沒禮貌的。」老老王看老王半天沒回答，不高興地又問。

這下子，整個安養院炸鍋了。院裡早就有流言蜚語，說老老王會看相、能通靈，洩漏天機太多，遲早遭天譴。這會兒，不認得自己的兒子，就是應驗了天譴。

篤信基督教的老王哪信這些鬼話，當下請金院長向醫院預約，立即安排全身健康檢查。金院長也招來醫院的救護車，連哄帶騙的把老老王與謝老師一起送進了醫院。(用膝蓋想也知道，老老王如果沒有他的小妹陪著，他哪兒也不會去。)

經過了幾天的折騰，一般例行項目的檢查不說，電腦斷層做了，連核磁共振也做了。後來真相揭曉，基本上，老老王身體無恙，只是得了「額顳葉失智症」Frontotemporal demential(FTD)，屬於早發性失智症，會影響患者的語言能力、判斷力、溝通能力與日常生活能力;主要的症狀表現於早期的人格變化，如編謊話、開黃腔、腳色錯亂等，不合常理的行為如冷漠、衝動、偷竊、習慣改變。有些人會有漸進式失語、漸進式認臉困難的症狀。只不過，因為早期發病症狀不明顯，容易被周遭的親人忽略，以至於病情延誤至中期才被發現。

開天眼跟影子對談，都是老老王自己想像的情節，套一句他曾經說過的話：「樹老成妖，人老成精」，他只是把他自己的人生歷練，想當然爾的套用到他想像的每一個情節。安養院的老人們平常無聊得很，閒著也是閒著，最難熬的是打發時間（好笑的是，人老了，最缺的，偏偏也是時間），最缺的是激情與想像。因此，塑造出個「王半仙」何嘗不是激起激情，與寄以遐思的替身。

老老王出院後，還是住回安養院繼續當他的王半仙，繼續享受著院內住民的愛戴。只是，院內的工作人員不再視他為心靈導師。而且，他每三個月還要去醫院回診，拿藥減緩病情。

鳳凰瀑布縱走觀音瀑布

那天，實在不算是個爬山健行的好天氣。

一大早，老天像打了一晚通宵麻將，還輸錢輸了一屁股似的，一張臉拉得又長又臭，陰陽怪氣地把自己抹成東一塊黑、西一塊灰的張飛臉。

雖說，天氣好壞看天意。但我們登山社既然收了費用，報名參加的山友也都來了，除非政府臨時發布颱風或暴雨警戒，就算天上下刀子，也沒有臨時打退堂鼓的道理。

天氣狀況雖然不太理想，得人錢財，與人消災（怎說得我好像是一個剪徑劫商的綠林好漢），對當領隊的我而言，當天的行程：鳳凰瀑布縱走觀音瀑布，路線難度不大，而且我從寒假開始，已經帶了好幾梯次，經驗十足。只要山裡不起濃霧，應該不至於有太大的影響，也就是說：安啦！「It's a piece of cake.」

隊伍集合地點，嘉義火車站到站旅客出口前。

人員到齊後，我領著眾人一起搭乘縣營公車開往番路鄉半天岩的班車，大約九點左右，抵達「紫雲寺」站下車。

由於這是個直接縱走的路線，我並沒有在行程中安排紫雲寺參訪，一行人像事先講好，二話不說的跟著我，沿著寺廟旁的小石子路，直接投入山林。

只是意想不到的是計劃趕不上變化，往山裡才走沒幾分鐘，霧氣就已經很重，真是山裡山外，兩樣情。我心想：「早上十點不到，霧氣重成這樣，到了下午還得了。」那時，我們正走在一大片竹林中。沿著小徑，頂著濃霧繼續向前行，竹葉隨著山風徐徐搖擺，散發著陣陣清香，是那種含著淡淡的薄荷味兒，西班牙雞尾酒莫西多（mojito）的味道，不禁讓人想多吸幾口，只是潮濕陰冷的空氣，吸多了不舒服。我走在隊伍的最前頭，臉上沾黏著霧水，一層又一層，眉毛吸飽了霧水後，由眉頭沿著眼窩流下，濕濕癢癢又冰冷的感覺，讓心情一下子莫名的亢奮，又一下子莫名的低落。我回過頭往後看，如果不是感覺自己的腳掌踏著實地在走，整個隊伍乍看之下，像極了一群騰雲駕霧的羽化天仙。

當然，隊伍中也有那種沒程度的隊友，說我們像電影《魔戒》中的幽靈軍團。

濃霧中，為了怕隊友掉隊，我不時地提醒大夥兒跟緊一點。至於，霧氣到底有多重？想想，翹首不見雲深處，該是多美的意境。可是，甭說是雲深處，連近在咫尺的林梢都看不見。竹林，當然不適合用「古木參天，聳入雲霄」來形容。不過，現場的狀況，可說是「竹林連天，隱入霧中」，霧氣太重了，實在太重了！

印象中，三月分的嘉義，很少沒有小陽春，但那一年的春天特別寒冷。別的隊友我不知道，我自己倒是裹了二件厚衣服，外加一件Cotex的防水外套，卻仍然不能稍減寒意，牙齒不聽使喚的老喜歡打架。濃霧容易讓人失去方向感，濃霧也容易讓人覺得心情低落，一群人跟著我默默地走在林子裡，有如身處在迷霧中。走著走著，我的心頭突然興起那種渴望離群索居，卻又不勝寂寥的矛盾感覺。

領著這群自稱尋幽的「訪勝客」，頂著濃霧穿梭林間，又是抄小路，又是走捷徑，一行人神出鬼沒（有隊友如此形容）近半個小時，總算到了大路上。

哪知，我才開口要大家喘口氣，就地稍事休息，隊友的炮口就向本領隊轟來。一個號稱「烏鴉嘴」的小子首先發難：「領隊，年輕人做事應該秉著天地良心，你為甚麼擺著大路不走，帶著我們跟你一起走小路，你是不是心懷不軌，想要謀財害命？」另一個手指頭被芒草割傷，名叫「劉阿舍」的隊友，搬出：「身體髮膚，受之父母，不敢毀傷，孝之始也。」的大道理，要我幫他處理割傷，還要精神賠償。「牙籤腿」不甘示弱，也在鬼叫她的腿又酸又痛，而且還變粗了，要我幫她按摩。只是，較讓我意外的是，我們溫柔婉約的隊花，既美麗又有愛心的「保育妹」也說話了。她朱唇輕啟：「領隊大哥，濃霧天氣在不見天日的森林裡走小路很危險，謝謝你把大家平安無事的帶出來。不過，你會不會太有自信了點？」其他沒講話的隊友們，立馬點頭如搗蒜，齊聲說道：「就是嘛！就是嘛！」

「保育妹」這話，聽起來就是明褒暗貶。唉！好男不與女鬥，我只好裝聾作啞，當鱉三。至於，其他那些小子們，就是溫室雞吃不了苦，哀哀叫，等等買些東西塞塞他（她）們的嘴就沒事了。於是，本領隊斂容正色，對著隊友們先做了個羅圈揖，清了清喉嚨後說道：「拜託，這條路我走了十幾遍了，說閉上眼睛也能走是誇大了，但事實上也相差無幾。如果不走小路，一路走大路，我們要多耗兩個小時。屆時，就不是鳳凰瀑布縱走觀音瀑布，而是單遊鳳凰瀑布，行程精采度大失。更何況，我是身先士卒，跟大家同甘共苦，服務大家都來不及，怎可能會有謀害命之心，大家以為呢？」隊友們聽罷，隨即一片稱是：「是啊！是啊！領隊最有經驗，領隊辛苦了。」說罷，就算受眾人擁戴的「保育妹」，看我的眼神也不太一樣。總算有驚無險地度過了團劓，也慶幸自己沒有被「蓋布袋」，而且還有可能多賺點小費。

話雖如此，隊伍走過「興化湖」，到了「橫路」時，我還是向路邊擺攤的農家買了削烤甘蔗與甘蔗汁，還有煮玉米與烤番薯，美其名說是慰勞大家辛苦，實際上就是順勢塞住那幾個弱雞的嘴。請大家吃，所有的隊友都能照顧到，不至於變成少數會吵的有糖吃，沉默善良的多數反而吃悶虧。

很快地的走到了「大湖村」，接著走大路右向的土坡路，直直再往下走。可能前些日子下過雨，地面顯得鬆軟，難走又滑。隊友們一路走、一路滑，有跌坐在地索性用屁股走路、有蹲低身體擺出溜直排輪的姿勢向下滑、有拉著路邊的樹枝死不放手，大夥兒像一群勾肩搭背的醉漢，在暗巷裡跌跌撞撞，哪有甚麼心情欣賞風景。折騰了好一陣子之後，前方依稀可聽見嘩啦嘩啦的水聲，瀑布應該不遠了。走著、滑著，水聲漸漸地由小而大，轉過一個彎彎的大斜坡路，一道懸谷式的瀑布在濃霧中倏然而現，飛流直下的咆哮水勢，如一大片珠簾斷線般地從頭上傾洩而下，磅薄的氣勢令人瞬間石化。接踵而來的隊友們像中了定身術，一下子被斷了電似的立刻停下腳步，個個一副不可置信的模樣，緊接在後的隊友還因為煞不住腳步，差點將前面先到的隊友撞下斜坡。大夥兒興奮得話都說不出來，指著瀑布比手畫腳，一群人活像演默片的搞笑版。然後，大夥兒又突然像通了電似的不約而同的抱成一團，笑著、叫著、跳著，一掃先前陷在爛泥巴路裡死命掙扎的低迷心情。

雖然，我已經來過十幾次，每次來也會因為當時的情緒，有著不同的感受。不過，悸動的心情，絲毫不減。更何況，我的這些隊友們都是第一次來，前腳還在濃霧中跟爛泥巴路拼鬥，後腳才轉個斜坡，一道聲如奔雷的瀑布就在眼前憑空殺出，那種突來的震撼，瞠目結舌的呆立現場是再自然不過的反應。

瀑布在濃霧中忽隱忽現，瀑布下是一抹寬廣的深潭，流水像一群躲在濃霧裡的頑童，旁若無人的往下跳，濺起了高高的水花，再化作漣漪身手矯健的游向潭邊。按理現在不是豐水期，今天的水量卻出奇的豐沛，水花此起彼落，攪得深潭春心蕩漾，漣漪擁著霧氣，迎向四周山林，宛如仙境。

水潭四周是大小不一、形狀互異的砂岩，靠近潭邊的砂岩長滿青苔，看起來濕滑危險。放眼望去，四下空無一人，看樣子今天只有我們遊興最濃，我找了個有著幾顆光滑大石頭的區域，囑咐隊友們就地休息，但是要遠離潭邊、隨時注意自身安全。

劉阿舍坐在離我不遠處，若有所思的直盯著水潭看，我笑笑地跟他說：「老兄，你知不知道水仙花的由來？那是一個源自古希臘的神話故事，有沒興趣聽我說啊？」沒想到話聲才落，所有的隊友們立馬朝著我看，異口同聲的說道：「有興趣，我想聽。」讓我瞬間有了先知準備開示信眾的虛榮感。於是，我操著充滿智慧的口吻說道：「很久很久以前，古希臘有個名叫納西瑟斯（Narcissus）的少年，他是河神西菲賽斯（Cephissus）與水澤女神里瑞歐普（Liriope）的兒子，他的父母因為太愛他，特別找了當時最有名的預言家特瑞西亞斯（Tiresias）為這個孩子占卜命運，特瑞西亞斯僅只看了納西瑟斯一眼，就說道：『這孩子是天之驕子，可以長命百歲。不過，大前提是不能看到他自己的臉。』偏偏長大了之後的納西瑟斯天生俊美而自負，對其他女生常常無禮又不假辭色，而且還殘忍的拒絕了林中仙女（Echo）愛的告白。後來，被復仇女神涅美西斯（Nemesis）知道，路見不平決心要懲罰他，某日乘著納西瑟斯出外打獵，引誘他去到一個水塘邊，讓他看到水潭中自己的倒影。納西瑟斯看到自己俊美的樣子，驚為天人，竟愛上自己的倒影，從此一天到晚坐在潭邊死盯著倒影無法自拔，不吃不喝終於憔悴而死，最後幻化成了一株水仙花。英語單字「水仙花」（Narcissus）就是源自納西瑟斯的名字，而「自戀」（Narcissism）就是從水仙花這個字衍生出來。因此，我們盯著水塘看可以，但千萬不要看太久，免得自己愛上自己。」

保育妹別有深意地看了我一眼，幽幽地說道：「領隊大哥！你也太有學問了吧，繞了這麼一大圈，其實是在虧人啊！」然後欲言又止的等著我接話，我明知她不安好心的話中有話。只是，瞪著她那黑白分明又無辜的大眼睛，我一時語塞，期期艾艾的半天吐不出一個字。只得老實招認，不是我多有學問，而是這幾天剛好在看《希臘神話故事》，現買現賣罷了。她噗嗤一笑，冷不防地朝著我的肩頭打了一拳，說道：「我就說嘛！」一副人小鬼大的狡黠的模樣實在可愛，不由得引人遐思。萬幸的是，濕冷的空氣，讓人保持清醒。「拜託！她才高二，你還有女朋友，而且跟她同校。」想到這兒，我不得不提醒一下自己。

濃霧慢慢退散，瀑布全形暴露出來，一道流瀑簡單俐落的落崖而下，水聲隆隆，讓人心生敬畏。突然有個隊友脫口而出：「這瀑布不大嘛！怎覺得它好大？好奇怪哦！」其實，霧有虛幻、放大與神祕的效果，也難怪隊友會產生這麼大的反差。但，鳳凰瀑布真的是不高也不大，跟同屬阿里山山脈的蛟龍瀑布（臺灣最高的瀑布，落差有八四六公尺），及基隆河上游的十分瀑布（臺灣最大的簾幕式瀑布，高二十公尺、寬四十公尺）都無法相比。不過，我想鳳凰瀑布若是有靈性，它應該不會在意孰高、孰大。枯水時涓涓細流，豐水時盡情揮灑，有如一朵深藏於群山之中的幽蘭，歲月靜好，多麼愜意。而我們，反而是打破寧靜的外來著，唐突了佳人。

十一點整，我拍了拍手說：「大家休息夠了的話，咱們就往下一個行程出發！」

天曉得，返程都是爛泥巴路又全是上坡，我才不敢說原路折返大湖村，而是說下一個行程，實在不得不佩服自己高明的話術。

上路不久，大夥兒的臉色變得紅潤起來，各個紅通著臉，氣喘如牛地大喊吃不消，等進退兩難時才驚覺上當。但是最可憐的還是我，一路上連拉（保育妹）帶扯（烏鴉嘴），又推著牙籤腿的屁股，再逼著其他隊友一起努力往上爬。雖知，下山容易上山難，但照顧一群弱雞更難，差點沒把我這個領隊累死。

出到入口處，告示牌上箭頭向下指著鳳凰瀑布 0.7 公里。其實，這塊告示牌一直都在出入口上，我並不覺得有什麼特別奇怪，也就不以為意。而且早上摸著濃霧前進，認路都來不及，誰會特別去注意甚麼告示牌不告示牌。只是，走了個半死下到瀑布，又爬了個半死才出來的隊員們，看到上面寫著短短的 0.7 公里，真是打死都不相信。

「見鬼了！怎麼可能，哪有這麼短，腿都快走斷了！」

「是嘛！是嘛！一定寫錯了」

「騙人的啦！」

「哪有可能 0.7 公里，一定是 7.0 公里。」

隊友們忿忿不平地你一嘴、我一舌，一口咬定距離鐵定標錯了，眾說紛紜之下轉而要向我求證。不過，隊友們看著我時卻是一臉狐疑，半天沒人開口，過了一會兒，烏鴉嘴才甕聲甕氣的問道：「領隊，我們爛泥巴路還沒走完嗎？不然你幹嘛還抓那麼緊。」當下，我才驚覺我的手還緊緊地拉著保育妹，偏偏保育妹臉上還掛著一抹溫馴的如小白兔般的幸福表情。我只好尷尬地回道：「這爛泥巴路，確實難走。餘悸猶存！餘悸猶存！」

「至於，告示牌上的距離正確與否，我個人覺得不重要。認為它是 7.0 公里，它就是 7.0 公里；認為它是 0.7 公里，它就是 0.7 公里。不是你們不夠好，是路不好，是天氣不好。不管幾公里，你們都走了一個來回，已經很棒了。」說罷！隊友們相互擠眉弄眼，然後一陣稱「是」，把我從先知吹捧變成了智者。禮多必有詐，我得防著點兒。

進了大湖村，我帶著隊員們來到事先挑好的麵食館，告訴隊員們午餐就地解決，有自帶午餐的也可在此一起用餐，老闆人很好不會介意。麵食館隔壁是一家登山器材行，店雖然不大，但販賣的器材琳瑯滿目。

保育妹好奇地問道：「真想不到這麼小的農村，竟然會有這麼大的麵食館與這麼大的登山器材行，哪來那麼多客人啊？」

「這個村落剛好是鄰近幾個的重要景點的中繼站，在地人雖然不多，但星期假日外來健行、登山的人很多，人多了自然就有商機。」我不假思索地隨口應道，好像一副很內行的樣子。

保育妹眼波流轉的看了我一眼，說了聲：「領隊大哥，我好餓！」擺明了要我請吃午餐的意思。唉！吃虧就是占便宜，我點了兩碗麻醬乾麵加滷蛋、青菜豆腐蛋花湯，外切一隻滷水鴨請大家吃。

鴨肉上桌後，我才夾了一塊給保育妹，轉個身就全被搶光了，真是一群土匪。其實，不要說我的滷水鴨，任何東西只要一上桌，立馬被掃光，各個狼吞虎嚥的樣子，哪有半點人樣，可見隊員們是真的餓壞了。酒足（是湯喝足）飯飽（是大碗麵吃飽）後，大夥兒從口中哈出來的熱氣，竟然能達三公尺之遠。再次上路後，隊員們孩子氣似的在路上互相哈著氣。每個都說自已是內功大師，只不過再也沒人能哈到三公尺之遠，一路走一路彼此調侃腎虧氣虛。

大約十分鐘左右，我們就走到了下個村落「火燒寮」。我收攏隊伍，跟隊員們說：「從火燒寮過去有兩條分岔路，右邊那條通往大湖尖山（標高：1357公尺），我們由此往『觀音瀑布』，走的是另外一條。路程順利的話，大約要走三個半小時，一路上沒有方便取水的水源，我們必須在這裡準備好個人用水。第一、就是花錢向雜貨店買水，但不建議。第二、就是厚著臉皮，向村民借水井打水。不過要我的話，我會彎下腰就著路邊的小溪，直接裝山泉水。現在解散，給大家二十分鐘時間準備水，怎麼弄水？就看你們各憑本事了。」

結果，除了保育妹跑去雜貨店，買了一瓶雜貨店自製的礦泉水，其他的人通通跟著我從小溪裝了山泉水。看著保育妹拎了瓶礦泉水喜孜孜的模樣，我在心裡嘀咕：「傻小妹，妳可知雜貨店的礦泉水就是取自小溪的山泉水，而且還不知道有沒經煮沸處理。」

路雖遠，但一路去都是產業道路，並不難走。濃霧還是絲毫不減其威的緊緊跟著我們，隊友們也是默默無語地跟著我前進，為了鼓舞士氣，只差沒唱起梁山伯與祝英台的〈下山崗〉，說隊員們走過千重山、萬重嶺是誇大了，但上坡又下坡，沒有三兩三，怎敢上梁山，我們是九條好漢在一班。

沿著大路直走大約兩個鐘頭，就會到路的盡頭，轉入右側的小路，走大約五公里左右，會碰到個土地公小祠，再往小祠右側的下坡路走。映入眼簾的將是一條俯角好陡好陡的斜坡，路寬不到兩尺，一邊是岩壁，一邊是密林。不要說走，看起來就讓人膽怯，尤其濃霧瀰漫之下，更添神祕氣氛。

儘管隊員們看起來面有難色，輸人不輸陣之下，誰也不願意退怯。我說：「既來之，則安之。大夥兒排好隊、抓好距離跟著我走。」

這斜坡是沿著山壁，一路鑿出來的石頭路，雖然沒有爛泥巴，但還是又濕又滑，十分難走。山壁的另一邊，嘩啦嘩啦的流水聲清晰可聞，那是瀑布上游的溪流奔騰而下的水聲。

濃霧雖然造成行路上的不便，但也遮蔽了陡坡的險峻感覺，隊員們跟著我一路滑、一路走，因為看不清遠處的路況，反而沒那麼害怕。我在前頭領隊，走得雖是心驚膽戰，但畢竟是來過了幾次，後面的隊友只能像瞎子摸象般地硬著頭皮跟著。滑倒了，自然有人伸手拉你起來。就算幾個人絆倒了，滾成一地葫蘆，也是一邊相互取笑，一邊相互攙扶起來。不過，有了前面濃霧中走爛泥巴路的經驗，路再難走，大夥兒歪歪扭扭的奮鬥了半個多小時，還是走到了。

瀑布的落水口，就在石頭路的盡頭旁不遠的懸壁上，溪水如脫韁野馬般興奮地嘶吼著，然後爭先恐後地一躍而下。我們順著石頭路往下走，一旁的流瀑在雲霧中忽隱忽現，脫韁野馬瞬間變成了一條條仙女拋向人間的銀絲帶，那種強烈的反差不禁令人啞然失笑。

等下到瀑布下的亂石堆，一路上如影隨形的霧氣，竟然無聲無息地散了。我不經意地回頭一看，一道彩虹怯生生地掛在瀑布上，銀色的水花與彩虹的七彩光影，纏綿交織，如詩如畫。「觀音瀑布」離嘉義市區很近，車程加上路程，不用一個小時就可抵達。因其中一個最壯觀的水瀑，從百餘公尺高的山崖頂傾瀉而下，瀑布形狀酷似側身而立的觀音而得名。加上瀑布所在之處，群山環繞，景緻優美。因此，慕名而來戲水的人很多。放眼望去，男男女女、老老少少好不熱鬧。

我交代隊員們就地解散，大家盡可能沿著溪谷觀賞風景，但不得下水戲水，也不要走太遠，一個小時後原地集合，然後整隊回家。慶幸的是，隊員們都很配合，他（她）們跟其他眾多遊客一樣，就著大小落瀑、水流沿路的大石頭上或坐或臥，談天說笑，不亦快哉。

山綠水白，聽瀑賞景，徜徉其中，悠然自得。

站在牛稠溪谷裡，可同時看見上下兩層瀑布。只見上層瀑布（觀音瀑布）彭湃激昂，經過中段水流的緩衝，流到下層瀑布的水流，已然是一副溫柔婉約的模樣。溪谷裡怪石嶙峋，溪水慢慢地流，柔柔的水，歲歲年年的流，頑石亦會化作繞指柔，溫柔的力量，真是不容小覷。

如果身邊有個知心人相伴，只消找顆大石頭坐下，哪兒都不用去，景美人美，處處有風情，應該是最幸福的事。

山中無歲月，寒盡不知年。一眨眼，天色漸暗，不知不覺中景區裡遊玩的人潮也變得稀稀落落。風景再美，再怎麼不捨，在這裡，我們只是過客，不是歸人，是時侯離開了。

我們在「溪心寮」站上車，山區開往市區的班車下午算是晚了，較少有人坐。因此，車上只有兩三位乘客，我們十幾號人一上車，客運車立刻成了我們的包車，

「朋友們，大家看，太陽已下山。遼闊的，天空中，星光多燦爛。今日事，不拖延，已經都做完。明日事，準備好，心中沒掛念。微風涼，月光淡，夜色真好看。大家來，圍成個圈，歡樂在今晚，歡樂在今晚。朋友們，大家看……。」在歌聲中、歡呼聲中回到嘉義，市區早已萬家燈火。

下車後，隊友們互留聯絡資料，握手道別。保育妹特別叮囑我，一定要跟她聯絡。但我心裡知道，從此各分散，相期邈雲漢。原諒我！我實在不能跟妳連絡。只是，我跟這一梯次的隊員在濃霧中、在爛泥巴路共患難，也特別投緣，不禁平添些許離別的傷感。

註一：「鳳凰瀑布」位於八掌溪上游支流，分上鳳下凰兩層，上鳳約二十二公尺，下凰約十公尺，屬於阿里山山脈水系。

註二：「觀音瀑布」屬於朴子溪上游牛稠溪水系的分支，從下游往上游走，大小瀑布計有七層之多，其中以第四與第二層（又簡稱為上層與下層）較為有名。第四層水瀑從百餘公尺高的崖頂傾瀉而下，形狀像似側身而立的觀音，因而得名觀音瀑布。下層之後循梯而下，可至牛稠溪谷。

註三：本文初稿於民國六十二年曾發表於高工的科刊。民國六〇、七〇年代，「鳳凰瀑布」縱走「觀音瀑布」為當時的熱門健行路線，甚受雲嘉南青年學生喜愛。只可惜，觀音瀑布於民國八十八年受創於九二一地震（集集大地震），岩壁崩塌、聯外道路嚴重毀損。更不幸的是，民國九十八年八八水災（莫拉克風災）又摧毀牛稠溪南岸溪心寮進入瀑布區的聯外道路，致使整個景區對外道路全斷，塵封長達二十二年之久。俟後經阿里山國家風景區管理處、嘉義縣政府等單位努力修復，直到今年（民國一一一年）元月才得以重新開放，再現昔日風華。天災地變，大自然的力量令人敬畏，當年走過的路徑早已不復見。物換星移，不勝唏噓，特改寫本文以誌之。

後記

「作家」二字對我而言是極度敏感的，我打心底認為自己還差得遠，總認為自己只是個多愁善感、寫寫人生小故事的有心人而已。

有次受邀參加一個好朋友的讀書會，現場主講人是位在藝文界小有名氣的書評家。演講中，他以揶揄的口吻說道：「只會寫自己身邊瑣事的作家，是三流作家。一流的作家著書立說，帶動風潮。他的作品應該是振聾發聵、擲地有聲，成一家之言。」這個說法應是擷自德國哲學家卡爾・馬克思的論點，因為他老兄曾說過：「一流作家寫思想，二流作家寫場景，三流作家寫故事。」只不過，馬克思的論點一直存有爭議，認同與不認同的人相持不下，爭執近兩百年尚無定論。雖說我不在意，但弄得當下介紹我是專寫人生小故事的好朋友尷尬萬分，對著我直說抱歉，看來我在書評家的眼中，說不定連個三流作家的資格都沒有。

二〇一二年，知名作家莫言在他諾貝爾文學獎獲獎感言中，自稱他只是個講故事的人。莫言講這話是因為他有大師風範，謙沖得體，我們聽完其言，真的就相信他不是一流作家嗎？當然不會。只是，我比較沒出息，一流作家的桂冠太沉重，想都不敢想。我寧願當個三流作家，臥看白雲悠悠，炊煙裊裊，泡一壺老茶，碎唸一些身邊瑣事。要不，閒來依杖柴門外，臨風聽暮蟬，寫些我們平凡人日常生活、人情世故的小故事。足矣！

我天生魯鈍，總認為強摘的瓜不甜、強求的緣不圓，凡事隨遇而安，從不強求。我也沒有每天固定寫作的習慣，往往是某個靈感突然在腦海浮現，或是遇到某件事，感觸特別深，才會將靈感或感觸寫下。我的人生哲學很簡單，隨緣隨興，說好聽是「興之所至，心之所安；盡其在我，順其自然。」其實說穿了，就是一個懶。

加上，我又天生犯賤，快樂的事情，開心過後，轉頭就忘；悲傷的事情，傷心過後，懊惱再三，怎麼樣也放不過自己。偏偏，我又是個感性遠超過理性的人，情緒很容易受周遭的氛圍影響，就像得了風濕症的老骨頭一樣，天氣一變就酸痛難耐。雖不至於嚴重到「為賦新辭強說愁」，但「悲春傷秋」的小哀怨總是難免。不過，再怎麼樣低落的情緒，我還是習慣自己慢慢消化，化悲憤為力量。人生無常，生老病死，誰也擋不了，又何必擋呢？

花開花落、陰晴圓缺、緣起緣滅、悲歡離合，都是人生中必經的過程，差別只在故事的結局，各自不同罷了。

浪漫一點的想，如果妳（你）我都是天上的白雲，兀自在天空無憂無慮的飄蕩，一陣風吹來，各自飄往各自的方向。不可知的方向就是命運，也是老天爺告訴我們，天道不測，造化弄人。而人生就是那陣風，命好的，微風徐徐，一生順遂；命不好的，狂風颯颯，一生坎坷。書中的〈人性〉、〈放下〉、〈凝視〉與〈緣分〉等訴說的情節，都是時不時發生在我們身邊，再稀鬆平常不過的事。只是，人們的期待與執著反成了罣礙，卡在喉頭吐不出，也嚥不下，雖然憋得難過，卻不知如何是好。而我，只是多長了一分心眼，用心把它寫下。看似輕鬆，實際下筆沉重，深怕自作多情，甚至表錯情，白白惹來一頓罵。

〈靈與肉〉是描述一個兼職「伴遊」（牛郎），內心現實的理性與浪漫的感性，天人交戰的心路歷程。以世俗的眼光來看，故事情節當然是離經叛道、駭人聽聞，某些肉慾橫流的情節，讀來更是血脈噴張得令人難以相信其真假。事實上，我除了隱去人物的真實姓名，並以假名代替外，故事情節千真萬確。那是我年輕時為了籌措出國留學的學費，晚上曾在色情酒店打工。（我在先前出版的《摩洛哥的美麗與哀愁》書中，其中一篇文章〈打工〉中提過）當時，酒店裡有幾位男同事為了家計、生涯規劃或愛慕虛榮……等各種不同的理由，下海當「伴遊」。我將私下聊天的內容，加上因為好奇跟著他們去工作場所的所見所聞，比對其真實性後寫下。「伴遊」工作，香豔刺激，吃香喝辣，收入又好，卻是見不得人的暗黑工作。有他不為人知的辛酸與天人交戰的苦楚，也不見容於社會。但我認為，職業不分貴賤，只要是憑勞力賺錢，不偷不搶，不管甚麼行業，都應予以尊重。

我在本書文章〈緣分〉中曾寫道——

友情是緣，不然毫無瓜葛的兩個人，怎可能在滾滾紅塵裡生死相交。

親情是緣，才能結為父母兄弟姊妹。

愛情是緣，芸芸眾生，妳我才能相遇，才能結為連理。

生命是緣，前世已矣，今生好好把握，如果有來生，來生還是緣。

而芸芸眾生何止千百萬，妳（你）我能以書會友，何嘗不也是一種緣分。

這本《靈與肉》文集，希望妳（你）們會喜歡。

國家圖書館出版品預行編目資料

靈與肉/甘紹文著. -- 初版. -- 臺北市：
聯合文學出版社股份有限公司, 2023.08
192面； 14.8×21公分. --（繽紛；241）
ISBN 978-986-323-555-2（平裝）

863.4 112012427

繽紛 241

靈與肉

作　　者／甘紹文
發 行 人／張寶琴
總 編 輯／周昭翡
主　　編／蕭仁豪
編　　輯／林劭璜　王譽潤
資深美編／戴榮芝
版權管理／蕭仁豪
業務部總經理／李文吉
發行助理／林昇儒
財 務 部／趙玉瑩
韋秀英
人事行政組／李懷瑩
法律顧問／理律法律事務所
陳長文律師、蔣大中律師
出 版 者／聯合文學出版社股份有限公司
地　　址／臺北市基隆路一段178號10樓
電　　話／（02）27666759轉5107
傳　　真／（02）27567914
郵撥帳號／17623526 聯合文學出版社股份有限公司
登 記 證／行政院新聞局局版臺業字第6109號
網　　址／http://unitas.udngroup.com.tw
E-mail:unitas@udngroup.com.tw
印 刷 廠／約書亞創藝有限公司
總 經 銷／聯合發行股份有限公司
地　　址／231新北市新店區寶橋路235巷6弄6號2樓
電　　話／（02）29178022

出版日期／2023年8月　初版
定　　價／320元

ISBN 978-986-323-555-2（平裝）